［加］李彦 著

吕梁箫声

加籍华人作家李彦小说自选集

商务印书馆国际有限公司

图书在版编目（CIP）数据

吕梁箫声 / ［加］李彦 著 .— 北京：商务印书馆国际有限公司，2015.9

ISBN 978-7-5176-0180-7

Ⅰ.①吕… Ⅱ.①李… Ⅲ.①小说集－加拿大－现代 Ⅳ.① I711.45

中国版本图书馆 CIP 数据核字（2015）第 222587 号

著作权合同登记号 图字：01-2015-4746 号

吕 梁 箫 声

作　　者　［加］李　彦　著
责任编辑　蔡红英
出版发行　商务印书馆国际有限公司
（地址 北京市东城区史家胡同甲 24 号　邮编 100010）
（总编室电话 010－65592876　市场营销部电话 010－65598498）
网　　址　www.cpi1993.com
经　　销　全国新华书店
印　　刷　北京中科印刷有限公司
开　　本　880 × 1230　1/32
字　　数　119 千字
印　　张　5.625
版　　次　2015 年 11 月第 1 版第 1 次印刷
书　　号　ISBN 978-7-5176-0180-7
定　　价　22.00 元

自序

昨夜星辰

我生于北京，在那座美丽的古城度过了儿时岁月。“文革”十年，曾辗转北方不同省份生活，因而对中国社会的各个层面都有所接触了解，也经受了磨练。

八十年代中期，我从中国社会科学院研究生院毕业后，被分配到新华社对外部做英文记者。我却毅然放弃一切，赴加拿大求学，从零开始。

我生性愚钝，属于跟着感觉走的那类，即便错了，也甚少患得患失、怨天尤人，打起背包再出发便罢。在祖国这一文化悠久、需要耗费心思才能顺利生存的环境里，我常会感觉不被理解，活得很“累”。倒是在北美这片年轻广袤的原野上，与人的交往简单轻松，因而活得惬意自如。

二十世纪，当“作家”还是一个神圣的字眼时，我却从未想过当作家，更不会为了“作家”的头衔而去舞文弄墨。在我心目中，一个好作家应当关注人类的命运，并能用作品推动和影响社会的变革，“纤笔一枝，三千毛瑟”。

走上文学创作之路，纯系偶然。作为温莎大学历史系录取的第一个来自中国的研究生，每个周末，我都成了教授们的座上客。历史系的、哲学系的、政治系的、宗教系的，甚至数学系的学者们轮番宴请我，只因他们对刚刚开启大门的中国充满了好奇与不解。这种义务咨询员的角色扮演了一年多之后，我萌生出提笔创作的冲动。何不亲自撰写一本英文书，用真实的生活阐释我身后的母国？

当许多来到海外的文科生为了饭碗而纷纷改入实用的行当之时，我却没有勉强自己为金钱与虚荣去做不愿做之事。这其实并不难，只要甘于贫贱，耐得住寂寞便可。

一九九五年，当我的第一部英文小说在多伦多出版之后，名誉、地位等东西竟不期而至。我所教授的中国现代史、中国文学通史、中国文化概述、汉语等课程，均颇受欢迎。看到课堂里挤得满满当当的学生，看到一张张聚精会神听讲的年轻的面庞，我实实在在地感受到了生活对真诚、勤奋者的厚爱。

教课之余，我用中英文两种文字交叉创作，分别满足不同族裔人群对了解这个世界的需求。不少作品被北美的大学、中学选为课程阅读材料，借以扩展青年学子的视野，令我欣慰。

感谢商务印书馆国际有限公司独到的目光与温馨的关怀，把我近年来用中文创作的一些中、短篇小说和长篇小说的节选选编入此书，以利于读者对我的创作有个较为全面的了解，满足我这海外游子与国内同胞之间交流的卑微心愿。

李　彦

二〇一五年五月写于加拿大滑铁卢

目　录

1

地久天长

白雪皑皑的冬日里，他再次来到阔别三载有余的小镇。小镇位于北部原始森林的边陲，仅有几条单调的街巷，数排低矮的房屋，然而在地广人稀的加拿大，这巴掌大的小镇，可是通往林区腹地的交通要道。

小镇虽没有什么稀罕景物，却给他留下了清晰的印象，至今难以忘怀。上次出差，就是在这里换乘小型飞机，前往北部一家矿业公司的。飞往那里的班机，每日仅有一次，傍晚去，清晨回。

那次登上飞机后，发现自己竟是唯一的乘客。然而年约半百、头发花白的驾驶员却一丝不苟，他在面前的小桌上放下几包炸薯片、花生米，然后操起话筒，把乘客注意事项一字不漏地给他背诵了一遍。

起飞时，夜幕已低垂。他嚼着薯片，眼睛盯着花白头发的后脑勺，心里默祷着平安。飞机升空后，倾斜着翅膀，在小镇上方绕了一个大圆弧。这时，只见花白头发从座位下摸出一只大号手电筒，朝着地面，咔，咔，咔，一明一灭，接连闪了三下。

他觉得好奇："你在做什么呢？"

花白头发收回电筒，呵呵笑道："和我老伴儿打招呼呢！每天这个时辰，她都站在窗前，眼巴巴地望着我。我就用灯光告诉她，我——爱——你！二十多年了，一直如此！"

他听了，一怔，默然从舷窗望下去。小镇的点点灯火，在夜色中似繁星闪烁，充满了诗情画意。渐渐地，灯光模糊了。他眼前浮现出一条柳林掩映的黄土小径。

一双天真烂漫的小儿女，尖声细气叫着，笑着，向他扑来。他举高了尚未洗净油泥的手，弯下腰亲着苹果似的小脸："告诉爸爸，今天晚饭有什么好吃的呀？"

"馋嘴！没有好东西给你吃！"古老的树干后，闪出娇俏的身影。手中编织的红毛线，在春日的晚霞里，似一团火苗跳跃。

"爸爸，爸爸，妈妈骗你哪！今天咱们吃蒸榆钱儿，浇蒜汁儿，是我剥的大蒜！"

浑身的疲惫，便在这醉人的温馨中消失殆尽……

时隔三年，重返林区小镇，他的脑海里又浮现出那个花白头发来，不知今晚是否还要与他结伴同行。在机场休息室里，他一面喝咖啡，一面隔着玻璃窗，凝视着远远的天际。落日的余晖，正一点点被黑暗吞噬。

他当初在沪西虹桥机场离境时，已经四十出头了。在"文革"前入大学的那批人中，算是搭乘的末班车。一晃，就过去了十几年。人，也在不知不觉中，悄悄地老去。

扩音器喇叭响了起来，念出他的航班号。他用纸巾擦净唇角的咖啡，对着玻璃窗，端详着自己。里面映出一张充满倦容、肌肉松弛的脸。想起早晨离开家时，新婚的妻子仍在枕畔酣睡，秀发半掩着她红润的腮。他咧开嘴苦笑了一下，用手指梳理着染黑的头发，将它们拉过头顶，小心翼翼遮盖住亮得刺目惊心的那片地方。

钻入机舱后，一眼便看到了那个熟悉的老朋友，端端地坐在机舱前方。他心里生出几分快活来，放好手提箱，便像上次一样，紧挨着坐在了花白头发身后。炸薯片，花生米，注意事项。时光在重复，一切都照旧。

飞机升入空中，翅膀倾斜了，他连忙伸着头，向舷窗外寻觅着。小镇灯影幢幢，不知在哪间屋子的窗后，正有一双深情的眼睛，痴痴地仰望着夜空呢！

蓦地，他仿佛看见了那双红肿的泪眼，在法庭上对他投来的最后一瞥。那是怨恨的一瞥……

从上海交大毕业后，被分配到青海高原上那个荒僻的山沟工厂里，一熬许多年，眼看没了指望，才只好结婚安家。

谁能料到，世事还会变呢？他考上研究生，回到上海，又遇到了初恋时的女人。

他自己也清楚，离婚的理由，实在太牵强。一辈子都没离开过黄土高原，又怎能责怪她没有都市女人的远见卓识，鼓励他升学，留洋，追求梦想？

多少个傍晚，在等待他下工归家的山路上，顺风飘过来她哼唱的西北民歌小调。听上去虽然带些乡土气，却为他孤独单调的生活，添上了些许色彩。

那次，她兴致勃勃地给他做了家乡饭尝鲜。玉米面糊糊放凉后，切成小块，拌上辣椒、油醋，说是她幼时最爱吃的饭食。他虽觉得难以下咽，却实实地感念那一片苦心。

本来说好了，孩子让他带出国的。可她却临时变了卦，满面尘土，突然出现在虹桥机场。孩子们被母亲拉走时的情景和那哀怨无助的眼神，是他记忆中最不敢触碰的一个角落。

他眼眶一热，鼻子抽动了几下。唉，若是早知第二次婚姻也难以维持，终落得分手结局的话，又何必当初呢？

他揉揉眼睛，扭过脸去，目光搜寻着，落在了驾驶员座旁的那支手电筒上。

然而，飞机默默盘旋了一周后，便悄然离开小镇，径直去了远方。花白头发似乎忘记了那殷殷的期待。

他正自纳闷，只见前面那只大手，已经操起电筒，对准下面苍茫的夜空，一明一灭，扎扎实实，连按了三下。

“你，是不是弄错了地方？”他不禁脱口而出。下面没有街道，没有灯火，只有连绵不绝的旷野。

“没错。”花白头发将手电筒放回原处，没有回头，平静地答道，“两年前，她患癌症去世了，就睡在下面那片山岗上呢。”

（发表于2002年2月北美《世界日报》小说版）

2
吕梁箫声

（一）

操场上传来凄厉的叫喊声，一波一波，愈来愈猛，似困兽在笼，猪羊临刑。午休时光，校园的静谧被彻底搅乱了，凸显出那令人心悸的嘶吼，穿透残败的土城墙，刺破稀薄的蓝天，在干枯的河滩上空久久回旋。

教室里空荡荡的。小竹一人伏在课桌上，双眉微皱，费力地啃着一篇艰涩的散文。频繁地翻字典，依然无法理解作者的无病呻吟。不仅是她，班上几个恃才傲物的老高三们也没少抱怨："这鸟毬文章，学了有啥用？"但她生性认真，总想弄明白究竟有啥用。

"鸟毬文章"是操场上嘶吼的那人发下来的。不用看，她也知道，此刻，他身边一定聚拢了几个勤奋好学的体育系学生，一面手脚利索地帮他往铁杠上一圈圈地加重，一面见缝插针鹦鹉学舌般练口语。

小竹很佩服那人的毅力。绝不是表演。即便一个观众都没有，人家照样风雨无阻，每周三次躺到操场那个厚厚的黄土垒成的角落里，不把自己折腾成戏台上的红脸关公，决不收兵。

听到那痛苦不堪人们的嘶吼，无不摇头叹息。“吃饱了没事，受这罪！做甚哩？”终于有人憋不住，公开提出了疑问。

那人的黄眼珠睁圆了，多毛的大手摇摆着，几只大号的碧玉戒指在阳光下闪烁着刺目的光芒：“释放！释放！懂不懂？不懂？那好，见过在火炉上烧开水吗？温度太高了，水蒸气憋不住，就要冒出来。就像这样：嘶嘶嘶……明白吗？”

几个家有儿女的老高三男生转过脸去，偷偷撇嘴：“不识羞！他是说那事呢。唉，这些洋人，离了女人就没法活还是咋的？”

于是，“花和尚”的绰号不翼而飞。好在洋人并不理解这几个字眼的内在涵义。知道了，也只是歪着头，转了转眼珠，似乎并不介意。

小竹清楚，老高三们的蔑视并非空穴来风。学校花费重金聘请的这位美国教授，一露面就惊呆了所有人。膀阔腰圆，长发披肩，络腮胡子与杂乱的胸毛连成一片，红蓝相间的花格子衬衫皱巴巴地掖在牛仔裤里。裤裆太短，稍一弯腰，就暴露出肥白的臀部上张牙舞爪的一团刺青。

解禁后进入中国的几部好莱坞经典，《音乐之声》《罗马假日》刚刚让师生们开了眼，在不少女生心中镌刻下浪漫的期盼。花和尚的到来，彻底颠覆了有关西方男性的童话传说。

其实外表还是次要的。真正让大家心惊肉跳的，是花和尚无遮无拦的坦率。

“校园里女生，处女的比例占多少？”课间休息时，他斜倚在门框上，拿把小刀削梨。梨皮随意跌落在干净的走廊地面上，与他的问题一样轻佻。

小竹脸红了。长到二十多岁，还是第一次听到这种话题，竟然还出自一个教师之口？

旁边一个北京女生，是当过下乡知青的，经多见广，还算镇定，略一沉吟搭了腔：“至少占百分之九十九吧。”

花和尚却莫名其妙地透出了几分愠怒，削下一片梨，丢入口中，狠狠嚼了几下，直眉瞪眼嚷道：“我被中国政府骗了！这个国家不接受婚前性行为，他们事先却不把实情告诉我！来到这里才发现，满城竟然连个妓女都没有！”

说完了，似乎又醒悟到自己的失态，避开小竹们复杂的目光，讪讪地嘟囔道：“不管怎么说，我还是来了。他们每月付给我六百元人民币，听说比邓小平挣的还多呢，可是真的？”

大家相视，默默点头。传说邓小平每月才挣四百元。国家为了吸引专家来这所偏远的西部大学教英文，不惜花费血本了。不过，洋教授到底是吃资本主义饭菜长大的，自私得理直气壮，且令规矩人尴尬非常。

小竹和几个女生曾陪着他走了好几里路，去城中的邮局办事。回程中，他在小摊上称了斤鲜艳的红桔，也不跟旁人客气一下，便自顾自一个接一个剥了皮丢到嘴里吃起来，还说很甜。大家只低了头走路，话便少了许多。

学校领导大概也风闻了关于“水蒸气”的比喻，因而很关心花和尚的“终身大事”，甚至研究了一番，如何帮他介绍一个对象。

那天，书记让小竹替他做翻译，找到在操场上挥汗如雨的花和尚，拐弯抹角地摸底试探。

你今年多大啦？噢，都三十四了！岁数不小啦，该成亲了吧？你找老婆要哪些条件啊？

问完了，还颇为诚恳地建议，让他先把自己的个人卫生改善一下，理个发，剃剃胡须，外套太脏，要洗得勤些，再买条像样的西裤，添双皮鞋。

“为什么？”丈二和尚先是摸不着头脑，连连眨巴眼睛。等弄明白了书记的好意后，他对小竹说：“请告诉他，我凭什么要收拾打扮？为谁呀？”言毕哈哈大笑，扬长而去。

（二）

小竹学了两三年英文，已经明白，洋人的婚姻观，与国人相去甚远。从对待老囚徒婚事的不同态度上，便可见一斑。

汾河滩畔的校园，仿佛成了慈善机构。多少年来，吕梁山默默地展开宽阔的怀抱，慷慨接收着各种类型的流放者与释放犯。外文系的教师队伍，几乎全靠京城下来的右派充实组成。每个人都曾经不凡。龙卧浅滩，虎落平阳了，依旧自命不凡。由此便衍生出年复一年的明争暗斗、消耗心力的内乱。

系里新聘了一位劳改释放犯。关押了二十几年，才平反。年过半百，已经萎缩得像一截枯朽的树干。小竹与他说话时，见他木讷地盯了她半晌，才从喉咙里发出几个不甚清晰的音节。讲授狄更斯的《双城记》那天，天气很热了，他身上却捂着厚重的黑棉大衣，步履沉重，在教室中踱来踱去，目光晦涩冷漠，声音低沉迟缓。几个女生悄悄猜测，选了这篇故事来开讲，怕是因为他与书中描写的关在巴士底狱的英国老囚徒同病相怜吧。

老囚徒发誓要捞回失去的青春，坚持非妙龄处女不娶。尽管大家都觉得他在痴人说梦，未几，校园上下便已传遍，真有芳龄十八的乡村女孩为了月薪七十元外加补发的五千元赔偿费而乐意嫁他。青年学子们愤愤不平，唾弃这种拿金钱换青春的赤裸裸交易。书记和系主任也出面了，苦口婆心地劝阻老囚徒，要端正思想，顾及影响，更不能落入买卖婚姻的危险圈套。

消息传入花和尚耳中后，他一面愤愤削梨，一面喋喋不休："老头儿想娶什么样的老婆，想过什么样的日子，关他人何事？年轻姑娘图钱嫁他，有什么错？这两人各取所需，大家都能得到满足，难道不是很完美的一桩婚姻吗？"

小竹觉得，他当然错了，但却无法让花和尚接受她的道德观。唇枪舌剑了一番，静下心来想想，她却开始疑惑了。是啊，究竟孰是孰非？我们自己，不是也翻来覆去地变过好几回，至今还在摸石头过河吗？

（三）

虽然进入了八十年代，沿海城市早已是春风荡漾，但春风不过吕梁山。校园里的空气，仍如山上的黄土般凝重。

那年夏季，暑气熏蒸，夜不能眠。第二天，小竹和同宿舍的几个女生鼓足勇气，齐齐穿上新买的花裙子，同去教室上课。

路过食堂，只见蹲在屋檐下叼着烟斗闲聊的几个师傅忽然都闭了嘴。鄙夷的目光扫视着从他们面前经过的一片纷繁的花色。

小竹绷紧了身体，脚步迈不顺畅了。身后传来了冷冷的对话，像城墙上生着的酸枣刺，扎入了她裸露的腿腕。

“妈的，干脆光屁股算咧！”

“这算啥？你还没见过游泳哩！”

“咋没见过？不就是男的女的光着身子耍水嘛！”

于是，大家又都改穿长裤了。

环境如此，便不难理解众人对梅子的态度了。梅子属于已经暴露的那百分之一，是校园内开风气之先河的牺牲品。她住在小竹隔壁的宿舍里。小竹一直忘不了十七岁的梅子拎着行李卷搬入宿舍时，圆脸盘上青涩腼腆的浅笑。不过两年工夫，食堂的玉米面饼子加上英语系的教科书就把梅子培育成了窈窕丰满、举止优雅的淑女。

游泳池里，梅子雪白的大腿在经久不换的绿波里触目惊心地翻动着。水花伴着她娇俏的笑声，吸引了众多复杂的凝视。体育系的男生自告奋勇，伸出一条条矫健的臂膀，争先恐后托起圆润的臀部，七手八脚地操练各种泳姿。

后来便出了事。传言煞是耸人听闻，其锋利赛过砍柴的斧、杀猪的刀。梅子垂下蚊帐，蜷在床上不吃不喝闷了几天后，终于挣扎着爬起来，咬紧下唇迈出了宿舍门。

女生们都怕玷污了自己清名，远远地便避开梅子，无人敢与她同行。偌大的校园里，梅子的身姿在烈日下茕茕孑立，形影相吊。

美国文学课上，恰好讲到了德莱赛的《嘉莉妹妹》，一个被资本主义世界污泥浊水腐蚀损害的纯情女孩。有人触类旁通，在梅子背后把她戏称为“嘉莉妹妹”。

那天下课后，花和尚突然喊住了正要离开教室的梅子。

大家都屏住了呼吸。众目睽睽下，只见花和尚缓缓拿起自己那顶插着一根红色小羽毛的巴拿马草帽，轻轻扣在了梅子长长的黑发上。

“喜欢吗？送给你的！”他表情严肃，但声音温柔，目光纯净专注如儿童，俨然飞马疾驰的骑士，从深潭中救出了濒死的生命。

梅子的眼眶潮湿了，面颊上浮现出那消逝已久的腼腆羞涩的浅笑。

接下来数日，午休时间的操场上，便多了一个头戴巴拿马草帽的女孩。她坐在石砌的台阶上，默默注视着怒发冲冠不为红颜的业余举重运动员。空中飘过的阵阵嘶吼中，从此夹杂了纤细的银铃声。

从教室窗口朝下望时，小竹被此情此景深深触动。蓦然间，她脑中闪过相国寺红墙外倒拔垂柳的盖世英雄。

（四）

不管花和尚引起非议的种种行为是否值六百元，他在课堂上展示的专业姿态却不可否定。在他的美国文学和历史课上，走道里和靠墙处总是挤满了旁听的中国老师。此时，从那厚实饱满的胸腔中发出的声响绝不刺耳，恰似洪钟在天花板下嗡嗡震荡，掀起一阵阵共鸣。

当然，并非人人都能欣赏花和尚在讲台上的风采。躲在后排的几个老高三，毫无顾忌地张大了嘴巴打哈欠，满脸厌倦。

花和尚低声问小竹，这些人刷不刷牙？怎么有那么强烈的口臭？

而老高三们也用中文高声抱怨，他身上那叫啥味儿？香水？呸！闻了头疼！

小竹猜想，头疼的，更可能是花和尚讲授的课程内容吧。那些抽象的、深奥晦涩的词汇与概念，即便是翻译成中文，也难以在习惯了《延安文艺座谈会上的讲话》和辩证唯物史观的脑海里激起一星半点火花。

其实，小竹也听不懂洋和尚念的经。但无论上谁的课，她总是习惯了坐在第一排，不想漏掉从教师口中吐出的每一个字眼。

十六岁那年，连初中都没读完，她就上了高高的太行山。在崇山峻岭的军营里窝了数载，除了毛选、社论、中央文件，就只读过供批判用的《红楼梦》和《水浒传》。恢复高考了，她看着数学考卷直发愣。一道题都不会做，硬着头皮当了回白卷英雄。发榜后，没想到凭着另外几门的高分数，她竟然也够了文科的录取线。分配到英文系来，则纯属偶然。全省那年需要招收一百名学英文的大学生，够录取线的考生中，懂英文的还不到八十。于是，小竹阴差阳错地跨入了英文系的高门槛。

二十二岁了，才从字母学起，自非易事。对于未来，她是朦胧的。努力奋斗只是她生活的惯性罢了。读了两年洋文之后，大三那年，校园里才出现了第一个真刀实枪的洋人身影。她自然分外珍惜这远来的和尚。

（五）

其实，首先云游到吕梁山这座小庙落脚的，并非身价六百元的洋和尚，而是早他半年、身价四百的见习尼姑。

金发碧眼的露茜，与莫奈油画中走下来的美女一般无二。红是红，白是白，鼻子是鼻子，眼是眼，令所有人目眩。硬要挑剔，便是略嫌丰满得过头了一点点。

露茜就读于美国常青藤名校的东亚系，已是大四的学生，操一口堪称流利的中文。她似乎很愿意混迹于中国百姓中，实行共产党提倡的三同：同吃同住同劳动。一头金发在校园里太惹眼。于是，出出进进都捂着一条深棕色的头巾，上穿一件墨绿底子夹金线的中式棉袄，下着一条宽松肥大的蓝布棉裤，平底襻带布鞋。从后面看，竟像汾河滩上一位拾麦穗的农妇，普通得不能再普通。

花和尚的审美情趣，显然与露茜不同。秋风紧，霜色浓。那天花和尚穿了一件橙黄色的麂皮外套，出现在校园里。外套下摆与袖子上一条又一条长长的穗子，再次勾起了人们的好奇心。

这叫啥衣服？割成了一条一条的，还能挡风吗？

“这可是地地道道的印地安人的手工艺品，要两百美元呢！”花和尚说完了，仰天长叹。怎就沦陷于这么一堆缺乏品位的人当中了！然而毕竟忍受不了奚落的目光，两天之后，那件惹眼的麂皮外套便没了踪影。

小竹委婉地告诉他，大家都觉得露茜的打扮端庄朴素，显得平易近人。

花和尚酸酸地哼了一声：“她？土里土气的，地道的农民！”

露茜的父亲在纽约州拥有一家小农场，属于自给自足型的农夫。小竹一面仔细打量着她家中那些彩色照片，一面猜测：如果在中国，露茜家应当算地主成分呢，还是富农？

小竹陪她去城里的农贸市场买苹果。露茜很认真地教她如何识别什么样的果子味美香甜。例如，形状扁圆的，就比细高的强。

小竹表示怀疑，美国人怎么可能鉴别中国苹果的优劣呢？

露茜抿嘴一笑，十分自豪。“我是农民的女儿，自家有果园，当然懂得水果品种的好坏了！”

露茜买了苹果，又从木匠摊上选了一只朴拙结实的原木色小板凳。

两人边逛边聊。露茜的围巾包不住满头曲卷的金发。很快，她们的前后左右就围拢了一些观众。

满载而归的路上，露茜颇为得意地告诉小竹："刚才有两个卖鸡蛋的老奶奶站在我身后，偷偷地摸我的头发，我听见她们两人悄悄说：'哦，是真的！'她们还奇怪我是从哪里来的。两人猜了一会儿，最后下了结论，肯定是河北来的！啊，一定是我讲的中文比她们的吕梁话更标准呀，所以她们才把我当成了河北人！哈哈！"

（六）

不知何故，校领导怀疑露茜是美国中央情报局的间谍，负有重要的来华使命。于是，书记召开了全班会议，严厉警告大家，不得私下与她接触来往，要严守国家机密。

露茜独自一人居住在学校分配给她的教工宿舍里，自然深感孤寂。周末的时候，她和小竹商量，想邀请几个学生去她家吃晚饭，一起聊天。

小竹想起了书记的警告，就和同宿舍的党员女生商议，究竟去还是不去？商量的结果，觉得还是应该去。于是，几个同学凑钱，去市场采买了各色蔬果，肥鹅鲜鲊，到露茜宿舍里，热热闹闹地煎炸烹炒，各显神通，弄出了一顿颇为丰盛的晚餐。

这是大家第一次进入她的宿舍，免不了好奇地四下里张望。小竹看到厨房里烧煤块的炉灶、厕所里简陋的蹲坑、管道上四处晾着的内衣裤，心下暗忖：洋人其实与我们一样。

花和尚的风范却与露茜不同。露茜住在学校的宿舍里，不交房租，自己动手做饭。不但节省钱，距离上课的教室还近。花和尚则选择了在城里的宾馆下榻。虽然有抽水马桶和淋浴设备，但往返学校耗费在路上的时间要一个多小时，且每天要交两元伙食费。一个月六十元的伙食费，相当于一个中年教师的月工资，令中国人咂舌。

尽管露茜盼望了许久，这顿师生聚餐却没能如她所愿的那般轻松快乐。大家都牢记着“内外有别”的叮嘱，在餐桌上便绷紧了神经，无人敢多嘴多舌。对露茜的某些敏感问题，也是顾左右而言它，且饭毕即礼貌地集体告辞，未敢多留。

然而，赴宴的消息还是传入了书记耳中。一一被找去谈话，详细打听了在聚会中涉及了哪些话题。露茜看似无心的一句话“中国学生八个人挤在一间宿舍里，要是美国学生，他们会拒绝来上学的”，也被谁透露出去，成了值得研究的线索。

问到小竹时，她老实坦白，曾经帮助露茜在尘封的资料库里搜集山药蛋派祖师爷赵树理的所有作品，供她带回美国写毕业论文之用。

党员女生愤愤不平地对小竹说：“我看人家挺好的，哪像特务？再说了，咱这里穷乡僻壤的，能搜集到什么国家机密？人家不嫌来咱这儿受穷罪，就算谢天谢地了！”

小竹听了，对她肃然起敬。这位曾经担任过铁姑娘队队长的农家姑娘，骨子里还保留着吕梁山的淳朴敦厚。

然而，暗地里展开的调查，还是使同学们人人自危。毕业分配的去向，是悬在每人头上的一把利剑。

露茜很敏感，似乎也觉察到了学生们的顾虑，从此再也不提聚餐的建议了。

接下来的一周，露茜在她所教授的英国文学课上，选了一首“小老鼠”，读给大家听。她站在讲台前，眨巴着湖水般碧蓝的大眼睛，轻声细气地朗读起这首无人听说过的古诗，神情中隐含了几丝惶惑、半点忧怨，似乎满是对小老鼠的怜悯。

小竹仰起头盯着她看，竭力想要弄明白女教师企图传递的信息。

“一只老鼠，也配往诗里头写？唉，洋人的脑子啊！”她听到了身后传来的老高三们的抱怨。

（七）

吕梁山漫长的冬季夜晚，西北风孤独地呼啸着，星斗高缀在遥远的天幕上，朝冰封的汾河滩眨眼。

小竹下了晚自习后，拎着暖水瓶去锅炉房打热水。穿越一排排老旧的平房时，迎面遇上了露茜。虽然她微微低着头，不看行人，似乎全神贯注于脚下高低不平的路面，且那条棕色的围巾把鼻子嘴巴都包裹严实了，但昏暗的路灯还是照亮了围巾下露出的一缕金发。

两人擦肩而过时，小竹看到了夹在露茜腋下的那只拙朴的小板凳。这么晚了，她去哪里呢？

目击者越来越多。传言开始在暗夜里悄悄飞翔。人们说，每到周末的晚上，露茜就会在腋下夹着她的小板凳，穿过教师宿舍楼群，沿着狭窄崎岖的小路，来到平房区一间低矮的小屋前，轻轻地叩响破旧漏风的门板。

有人趴在门缝上朝里偷偷看过，哔剥燃烧的炉火旁，露茜双手插在棉袄袖筒里，端坐在小板凳上，清澈的目光在火光下一闪一闪，全神贯注地聆听小屋主人吹奏洞箫。

小屋主人三十岁上下，瘦弱矮小，沉默寡言，在英文系的电教室里从事录音器材的管理。他鲜少开口，更没听说他曾落入过哪位女生的眼帘。然而，他却独独吸引了露茜的视线。

小竹在黑夜里路过那片年久失修的平房时，心头也常生出怀旧的遐想。她曾读到过一些回忆文章，记叙了抗战初期，热血青年或文人墨客在前往陕北延安的旅途中，常如翩翩鸿雁，驻足落脚于这片平房，演绎出不朽的传说，留下了一段段千古迷茫。

如今往事都已作古，但小竹仍能透过那一扇扇老旧的门窗、暗夜里炉火的光亮，还有土城墙上荒草萋萋的小径，遥想萧军萧红们诀别前哀伤的绝唱。

把青春挥洒在内蒙草原十年之久的兵团老战士，腹中满是玄妙诡谲的传奇。时断时续的箫声，伴着低沉浑厚的男中音，展现那片神秘遥远的草原，无疑会撩起万紫千红的窗帘，为枯燥乏味的吕梁冬夜，谱写下新颖的浪漫诗篇。

与花和尚每周三次雷打不动的举重锻炼一样，露茜对小屋主人的星夜造访很快也由每周一次递增为每周三次，只要第二天早上她没有课，头天夜里，校园小径上的路灯就会照亮匆匆闪过的一缕藏不住的金发。

从年久失修、 四面透风的门窗缝里，一曲接一曲，飘飞出婉转悠扬的箫声，在夜雾中轻轻地游荡。

苏武留胡节不辱，
雪地又冰天，
羁留十九年。
…………
夜在塞上时听笳声，
入耳痛心酸。

露茜的爱情选择， 在冬日几近枯竭的汾河里掀起层层波澜。

老外怎能看上这个其貌不扬、没有学历的中国男人？ 他哪点儿好？

谁才能配得上露茜这样温柔可爱、心地善良的美女呢？难道是花和尚？

算了吧，他哪儿配得上？仅仅因为他是美国人，有钱？别糟蹋露茜了吧！

曾经追求过梅子但早已被绯闻吓跑的省府某高干子弟，斜了眉眼，露出一口整齐的白牙。“谁看得上露茜啊？ 农村儿的，还那么胖！”

大家觉得他可笑。熄灯后躺在床上，在黑暗中议论了一番，似乎都明白过来：人家洋人不计较吹箫人的外在条件，反倒是追求真正的爱情呢。

这样说时，每个人大概就联想到了自己的处境。已经拖儿带女的老高三们，当年为了逃避田间繁重劳动或是政治压力因此下嫁换取便利的不堪往事记忆犹新，而今空余嗟叹。年纪虽轻尚有选择的小竹们面临差强人愿举棋不定的局面，也难免心烦意乱。于是，众人在黑暗中连叹了几口气，一切又都归于惘然。

（八）

西风东渐的日子里，见多不怪，人们逐步习惯了洋人的思维方式，更因触景生情，耳濡目染，便开始小心翼翼地摸索那些藏在河底、形色各异的石头。

吕梁山厚重的黄土，在风中层层剥蚀。汾河水流淌了千年的清波，日复一日地混浊。

某日午休时，小竹正在教室中埋头攻克新发下来的“鸟毯文章”，痛苦不堪，班主任老师甲推门而入。

他把捧在手中的一大搪瓷杯自制的醪糟蛋递到小竹手里，嘱托她转交给正在操场上嘶吼的花和尚，请他品尝中华美味。

老师甲的笑容有些尴尬：“他有一台从美国带来的便携式录音机。你问问他，一百五十元卖给我，行不行？”

小竹有点儿悲哀。录音机在当时可是稀罕物，要拿出两个多月的工资，也不一定买得到。为了弄到这件东西，班主任一家三口恐怕得节衣缩食地过上一年了。

人们都穷，似乎不少人钟情于鸡蛋。某日，小竹在走廊里撞见了隔壁宿舍的女生乙。她也煮了一碗溏心蛋，笑嘻嘻端到了在操场上嘶吼的花和尚身边。

花和尚练完了，边吃喝边与女生乙闲扯攀谈。如此这般，很快风声骤起，混着令人皱眉的香水味吹遍校园。一日，女生乙的丈夫从外县农机厂匆匆赶来，当众殴打了女生乙，与之离婚，并永远夺走了三岁儿子的监护权。

与小竹同室数载的女生丙，忽然间悄悄搬离了拥挤不堪的宿舍，在教学楼从未启用过的厕所内搭铺独宿。某日，小竹敲开厕所门，通知女生丙去开班务会，却惊讶地发现了正与女生丙一起在煤油炉上煎荷包蛋的老师丁。老师丁曾经英俊但已松弛的腮上挂出微笑，手中捏着的筷子却抖个不停。小竹捕捉到女生丙眼中闪着寒光的刀锋，才突然明白自己来错了时间敲错了门。

那个风波迭起的学期快要过去了，当花和尚在讲台上绘声绘色地阐述他最崇拜的马克·吐温的大作——《败坏了哈德莱堡的人》时，无论是拉家带口的老高三们，还是了无牵挂的小竹们，似乎突然间都多了些悟性，隐隐约约能够听得懂美国文学的内涵了。

（九）

寒假来临前夕，两位洋教师忽然都异常忙碌起来，神色诡秘，形迹匆匆。

露茜的任教合同期满，决定返回美国，完成学业。临行之际，她向学校领导提出，希望带电教室的那位吹箫人与她同赴美国，请求学校领导协助他办理护照申请手续。

她的请求，在校领导眼中，无疑是开国际玩笑，其荒谬不亚于老囚徒要娶十八岁的妙龄少女为妻！

你们既非夫妻，又不沾亲带故，你一个美国人，凭什么带走我们中国小伙子？

露茜在校园里转来转去，找遍了各级领导，费尽了口舌，丰满的腰身都瘦了一圈，也无法获取任何人的同情。最后的几天，她似乎接受了现实，眼里含着忧郁的笑，在教学楼残败的冬日花坛前，与同学们一一合影留念。只是每到夜间，由破旧的小屋窗缝里流淌出的洞箫声，呜呜咽咽，在黑暗中盘旋得更久、更远。

花和尚早已宣称，寒假期间他计划先去北京参观几天，然后还要去日本游玩数周。最后一堂课结束后，花和尚突然提出，想要带领几个得意门生同游坐落在汾河畔的千年古庙。学校领导研究后批准了他的请求，只是把梅子从名单中勾掉了。

两辆吉普车，外加书记和警卫，载着大家来到封闭了多年、尚未开放的名胜古迹。打开锈迹斑斑的铁锁链，进入长满青苔的幽静的庭院，大家沿着油漆剥落的长廊默默散步。只听见花和尚手中的相机啪嗒啪嗒响，却无人随便开口。古庙里气氛森严。

花和尚摆摆手，示意书记站在一株黑压压的古柏下，为他拍了一张近镜头。“笑啊！笑一个！”又让党员女生立于布满尘埃的大殿前，为她留下了青春的倩影。

绕到古庙后园，映入眼底的，是坍塌的池塘和一片荒芜的杂树林。花和尚示意小竹，背靠着一棵树叶落光、伤痕累累的老树，按动了快门。收起相机，他凑近她身边，柔声问道：“小竹，你在想什么？你有什么心愿吗？能不能告诉我？”

心愿？小竹想了想，竟觉茫然。的确，从小到大，她只是习惯了朝前走，却不知道目标在何方。更何况，在个人服从集体需要的理念光环下，心愿，只能是给人带来痛苦的奢想。

“如果你有，不管是什么，一定要说出来，也一定要去实现……否则你将来会后悔的。这就是人生。”花和尚的表情一反常态地严肃认真。

小竹忽然觉得，在他貌似肤浅的外表下，似乎还隐藏着许多人们并不了解的东西。她还在琢磨他话中的内涵时，却发现书记和警卫在朝他们这边看，便未再多想，匆匆离开了坍塌的池塘。

美国文学课的考试结束后，花和尚把小竹叫进他的办公室，指着桌子旁边一只装满书的纸箱，说：“这箱书，是我从美国带来的原著，其中一些我们在课程中讨论过。请你记住，将来有一天，当我离开学校时，这箱书，将属于你。”

捕捉到小竹眼中闪过的惶惑，他又解释道：“每天午饭后，所有的学生都躺在宿舍床上睡觉去了，我趴在教室门上看，总是能见到你一个人在默默读书的身影。”

小竹直觉地感到，他的叮嘱似乎有些怪异，但怪在何处，却又说不清。

党员女生比她敏锐得多。那天下午，她们俩一同去城里的宾馆，协助花和尚办理退房手续。回程中，党员女生问小竹：“你注意到没有，他把自己所有的东西都装进了两只大皮箱，房间里几乎什么都没留下。他只是寒假离开一个月，有必要带走全部家当吗？”

小竹对此倒是不以为然。洋人的思维方式，就是跟我们不一样嘛。

小竹的父母在“文革”结束后已重返京城。两位美国教师都已经与她商量好，放假后与她一道同乘火车去北京，由她陪伴游览几日，然后各奔东西。此时，她满脑子里盘算的，都是如何安排这两位老师在北京的活动，使他们在有限的几天内，把最该欣赏的古国文明都瞧入眼里，刻进脑中，融化在血液里，落实在行动上，方不虚此行。

（十）

小竹早就觉察到，露茜深受中国文化熏陶，与中国女孩子的道德观念十分接近。到达北京的当晚，在西郊的友谊宾馆办理住宿手续时，她更加坚定了自己的判断。

宾馆里只剩下了一套一室一厅的公寓，里外两间屋子，共用浴厕。管理员连连道歉：“对不起，我们接到学校电话时，以为是一对夫妻呢！”

住还是不住？这里比大酒店便宜，能省不少钱。但他们孤男寡女的，能接受这种同居一室的安排吗？小竹也替他们为难。

花和尚面无表情，淡淡地说：“让露茜决定吧！”

大家都盯着露茜时，她白晰的面孔红得几乎要胀破。挣扎了几秒钟后，只听她压低声音问管理员：“里屋的门上有插销吗？厕所能不能从里面锁住？”

花和尚的鼻孔里发出了令人难以察觉的一声哼哼。管理员带着露茜查看门上的插销时，花和尚小声对小竹嘟囔道：“什么意思？怕我溜进她屋里？哼，小瞧人！”

长城故宫天坛颐和园马不停蹄地跑了一圈后，露茜便转道香港返美了，留下小竹一人陪伴花和尚。参观北海和景山时，也许是由于天寒地冻的缘故，小竹明显地感觉到他少言寡语，心事重重，全然不似在吕梁山时那样爽朗自信，谈笑风生。

就在花和尚准备飞往日本的前一天，小竹接到了他从友谊宾馆打来的电话，约她来宾馆见面，共进晚餐。

小竹的父母得知后，毫不迟疑地说，坚决不能去。理由很简单：一个女孩子，怎么能到宾馆里和老外单独会面呢？何况这也是违反外事纪律的。

花和尚听了她的回答后，叹了口气，最后建议，两人在建国门外的友谊商店见面。那是一家允许中国人出入的涉外场所。

华灯初上时，小竹迈入了友谊商店的大门，迎面瞧见了坐在长椅上等候她的花和尚。一路上，她设想过各种可能的谈话内容，甚至准备好了如何体面地拒绝可能出现的求爱措辞。然而，花和尚向她透露的信息，却给了她当头一棒。

花和尚语气深沉，神色凝重。明天到达日本之后，他将留在那里，不再返回中国。朋友们帮他找到了一个教英文的工作，工资待遇比在中国优厚得多。东京的生活丰富多彩，全然不像吕梁山下那个闭塞的小城。日本人对西方游客司空见惯，绝不会有谁嘲笑他肥胖多毛、服饰特别、行为怪异。只不过，他与学校签订的合同尚未到期，提前毁约，不辞而别，终归理屈，尤其愧对像小竹这样认真努力的好学生。

“明天早上，我就要悄悄离开，不会再回来了……告诉我，你喜欢这里的什么，我都会给你买，权当临别留念。”大厅里的吊灯明晃晃的，藏不住他眼中愧疚的阴影。“你是一个心胸宽广、志向高洁的女孩子。和你相比，我觉得，自己非常渺小。我的心，只有一粒花生米那么大。”

小竹盯着窗外的长安街，看夜雾中丁零零疾驰而过的自行车群，胸口堵塞，说不出话来。“不，我什么都不需要。我只想读书…… 你不回来了，谁教我们呢 ……”泪水突然涌出了眼眶，她咬紧牙，才没让自己哭出声。

花和尚摇摇头，从袋里掏出一封信，递到她手中。“我走后，请你把这封信转交给学校领导。我除了向他们道歉，说明我提前离去的决定之外，也告诉了他们怎样处置我留在办公室里的东西。书，都送给你。录音机，送给你的班主任。还有一件黄色的麂皮外套，挂在门后的，送给梅子未来的男朋友……”

那天夜里，小竹家中发生了一场从未有过的激烈争论。小竹躲在自己卧室中。客厅的门关紧了，但是隔着走廊，还可断断续续听到父母与哥哥之间的唇枪舌剑。

父母都是老党员，自然把花和尚这种背信弃义的行为看成是不可饶恕的罪行，坚持让小竹连夜向学校党组织汇报，及时阻止他偷偷逃离中国的企图。

从小到大，小竹不曾违抗过父母的任何旨意。但这次她却犹疑了。是因为古庙老树下那不寻常的叮嘱触动了她心中柔软的角落呢，还是因为时代的变迁，她不肯再轻易地盲从？

“对组织要绝对老实忠诚，不能隐瞒任何事情！否则人生就会留下污点，一辈子也洗不清！”父亲的声音很激动。

“你们一辈子都在对组织忠诚，把国家利益放在第一位，甚至不惜牺牲亲人的幸福！可你们得到的教训还少吗？”

“现在是八十年代了，连党中央都要摸着石头过河呢，你们难道还要墨守成规？”

“人家不喜欢待在中国，当然有离开的自由。出于信任小竹，人家才讲了真话， 我们为什么要背弃他人的信任？强留下他有什么好处？究竟什么更重要？ 是人与人之间的信任，还是不问青红皂白地一味盲从？……”

哥哥的声音一反常态地高昂。小竹暗暗吃惊，平日里沉默寡言的文弱书生，竟有如此鲜明独立的见解，仿佛变成了另一个人。熟悉的世界在失衡。蓦地，她脑中滑过了吹箫人与她擦身而过时，她在那双黑眸子里曾经捕捉到的意味深长的神情……

辩论进行到深夜，最终尘埃落定。母亲进入小竹的房间，同意她一清早赶到友谊宾馆，送花和尚悄悄启程。

（十一）

十五年之后，在遥远的加拿大一座小城里，小竹在一个孤独寂寞的寒冬夜晚，忽然心血来潮，提笔写下了两封早就想写却一直没写的信。事隔多年，她本已不指望能收到任何回音。没想到仅仅相隔十日，她竟然在同一天黄昏从信箱里取出了两封故人来函。

一封来自美国纽约，信封中先掉出了一张婴儿彩照。在律师事务所任职的露茜说，离开吕梁后，她完成了硕士学业，在美国又等待了十年，然而几经努力，数度波折，与吹箫人团聚的梦想却终于成空。她现在更加相信中国人的缘分之说了，于是嫁给了一位韩国人，并刚刚做了幸福的母亲。

小竹在灯下仔细端详着婴儿稚嫩的面庞，试图从上面寻找到熟悉的痕迹。韩国人是什么模样呢，也许他与吹箫人一样，长着能够拨动心弦的灵巧十指？或许，他只是生了一对同样忧郁、深沉的黑瞳？

失去了花和尚勇猛的嘶吼声，不见了露茜娇俏的身影，最后一个学期的校园异常冷清。只是在漆黑的夜晚去锅炉房打热水时，小竹偶尔能捕捉到空中飘过的一阵阵惆怅的洞箫声。

然而，她和同学们的注意力，很快便转移到了毕业分配的去向上。尽管小竹的四年总成绩在毕业班排名第一，尽管花和尚留下的信中推荐小竹为留校生第一人选，但结果不言而喻，她最终收拾行囊，告别了吕梁。

多少年过去了，小竹依然忘不了那封从天而降的匿名信。

她生来就不聪明，总要牺牲一切享受，花费比旁人大得多的努力，才能迈上一层台阶。她曾一次次在寒风萧萧的清晨爬上土城墙去背诵课文，一夜夜守着教室里那台老旧得嘎嘎响的录音机练听力，一回回生硬地拒绝看电影赴舞会的邀请，一年年伴着枯燥乏味的书本打发掉花样青春。可就在她刚刚得到研究生初试上榜的通知时，远在北京的招生办却收到了一封匿名信。

“美国外教的情妇”这顶帽子耸人听闻，也颇为奏效。招生办如临大敌。这个专业培养的人才，对考生的政治背景及道德品质要求极高。反党反社会主义小偷小摸男女关系自不必提。初试上榜的名单中，已有三人遭到剔除下场。一人因在大学读书期间曾先后与四名女生传出桃色绯闻；一人的档案内记载其曾偷偷溜入妇产医院满足其对女性隐密部位的好奇心；一人因被左邻右舍反映其在家中举行过有肤色不同的种族参加的私人舞会。

小竹的成绩在考生中名列前茅。面试时，她的与众不同也给考官留下了深刻印象。

“你对自己如何评价？”

“坦率真诚，志大才疏。”

“你最喜欢哪些中国作家？”

“施耐庵，曹雪芹，鲁迅。”

“你最喜爱哪些外国作家？”

“莫泊桑，萧洛霍夫，艾特玛托夫。”

为了对每一个考生负责，招生办组成了三人调查小组，远赴千里之外的吕梁，寻找一干知情人谈话，搜集到了左中右三种意见。最负面的来自一位荣幸留校的女性。她对小竹全盘否定式的深仇大恨与恶毒攻讦，令调查组颇觉蹊跷，便对这位女性进行了迂回的私下了解，结果却获悉了躲在厕所里煎荷包蛋那段脍炙人口的典故。

尽管匿名信的作者究竟为何方神圣，最终成为悬疑，但在提倡思想解放的年代，调查组依然大胆地录取了小竹，仅仅附加了一个前提条件：三年就读期间，如发现任何可疑行为，将开除小竹的学籍。

小竹到研究生院报到的当天，传来了一个不幸的消息。和她一同复习、一同参加考试的那位北京女孩，因被邻居揭发在家中与黑白肤色的人举行舞会而被除名，接到通知书后，女孩二话不说，悄悄吞服了过量的安眠药。

真想自杀的人，是不会预先通知任何人的。女孩默默的行动排除了以死相要挟的撒泼耍赖嫌疑。然而，招生办虽然感佩于她的刚烈果敢，却无法欣赏这种自绝于人民自绝于党的品性。

震惊之余，小竹黯然接受了母亲的建议。“为了排除一切诬蔑，杜绝隐患，你别无选择，只能与人结婚。”母亲历经风霜的目光，浸透着无奈，承载着冷峻。

纠正一个错误，往往就需要犯下另一个错误。错误犯多了，人也最终成熟。可惜人生的道路也即将结束其里程。伟人们尚且如此，更何况一介草民普通如小竹？

（十二）

忆往昔，峥嵘岁月稠。许多久已遗忘的身影，又重新浮现在小竹的眼前。

吕梁山下当年的精英们，无论算不算得上“右派”，用不用得着平反，都已乘着搞活经济的翅膀，毫无留恋地告别了黄土高原，飞往通商大埠，开辟纸醉金迷的新战场。

听说，吹箫人也早已离开了汾河滩，不知去向。那间黑暗破旧的小屋，连同记载着悠悠历史的残败平房，都在轰隆隆的推土机声中烟飞灰灭。校园被一栋栋遮云蔽日的炫目建筑所取代，从此不见了暗夜里炉火温馨的光亮。

梅子的下场颇为凄惨。毕业后回到家乡小县城里，父母苦心隐瞒，丑事还是传扬开了。没人肯娶她。听说后来患了妇科病，割掉了什么，仍然不治身亡。

花和尚呢？该已年过半百了吧？至今仍在世界各地游荡，屈指行程二万。

西窗外的雪花在静静地飘落。灯下，小竹展开了那封来自波士顿郊外的信函，再一次默默诵读。

“…… 说来奇怪，回想起在中国的岁月时，我心中总是充满怀旧的留恋。虽然当年我在吕梁时，常常感觉孤独难耐，寂寞可怕。但如今看来，那本当是一个探险与进取的绝好契机。我只应责怪自己，缺乏应对困难的勇气，错失了学习汉语、了解中国的良机，虚度了人生的大好时光。

我在美国并不快乐，这里的生活既平淡又乏味。中国在我看来似乎更有魅力，但那也许只是与美国相比罢了，因我在这里没有立足之地。我不愿变老，但显然无可奈何。这些年来，我仍在到处流浪，周游四方。然而，我的脚步，却不曾再踏上我曾逃离的吕梁。

当年的中国，在我眼中是充满困境与冷漠的异国他乡。而今追溯往事，我才终于明白，那里的人民不可思议的慷慨、善良。而我的不慎，曾给许多无辜的人们带来灾难。暗夜里，我脑中常会浮现出操场上空广袤的蓝天，黄土地上回荡的喊声，还有那一个个难忘的身影……我会内疚地默默祈祷，祝人们一路顺畅。那逝去的一切，终将成为美好，在我心中永藏。

审视当年的自己，我常常羞愧得无地自容。而今我意识到，自己曾经是一个多么可笑、口吐狂言的傻瓜。正是因为有我这种人的存在，也就难怪许多中国人会对灵魂空虚、傲慢无知的美国人和西方人如此不信任、如此反感。假设今天我能看到当年自己的影子，我也定会讨厌自己的形象。所幸我日渐衰退的记忆，正在帮助我将一切都淡忘。

你的信很短，没有提及你在加拿大做什么。不过我猜想，你肯定是申请到了奖学金，来到加拿大求学的吧！知道吗？当年你给我留下的最深刻的印象、同时令我难以理解的，便是你坚忍不拔、百折不挠的顽强的生命力，与你众多的同胞一样。

虽然自从北京一别之后我们再未联系过，多年来我却从未怀疑，你终将步上成功之路，并实现你的人生梦想。无论你选择做什么，你都一定会展现出辉煌。

花和尚　谨上

（2011 年 10 月发表于《人民文学》杂志）

3
罗莎琳的中国

（一）

从北京回来很多天了，脑中依然萦绕着那条灯影幢幢的狭窄胡同，那间下不去脚的小饭铺，那碗由热变冷的青椒茄子面，还有罗莎琳强自镇定的神态。

罗莎琳在学校里教授加拿大文学，已经几十个寒暑了。年轻时，想必也是金发碧眼的美女。如今虽然韶华逝去，银发剪成寸短，眸子不再清亮，却依旧保持着她苏格兰祖先的高贵风度，瘦削的身板总是挺得笔直，启口说话时轻声细语。

我们虽不在一个系里，但每次碰面，总有聊不完的话题。这不光是因为她的中国心结，还因她和我一样，也都崇敬白求恩大夫。这在加拿大人当中，可谓凤毛麟角。二十多年前我刚到加拿大时，在校园里遇到一百个人，知道白求恩名字的却超不过五人。

我曾问罗莎琳，为什么这位在中国家喻户晓的英雄，会在他的家乡遭受冷遇。我更搞不清楚，为什么这位品格非凡、魅力十足的男子，会被妻子嫌弃，两度以离婚收场。罗莎琳寥寥数语，便解开了我心中的谜团。

“我姑母年轻时，在蒙特利尔的医院工作，曾与白求恩共事。据说，他是个精力异常旺盛、充满奉献精神的人。然而，在个人生活方面嘛……”罗莎琳抿嘴一笑，似乎不屑于涉及这类话题。然而看着我期待的目光，她还是讲了下去：“姑母说，有一次，一个年轻女护士突然好几天没来上班，大家四处寻找，不见她的踪影，就去护士长那里告状。护士长正在看病历呢，连头都没抬，就应了一声：‘去查一下，看看诺尔曼这几天在哪儿呢。’”

见我神色惊诧，罗莎琳耸耸肩膀，转了话锋：“我不否认，白求恩他们这些共产党人，都是很高尚的一类人。但是，他们的政治信念和追求，往往不能被普通人所理解，特别是不能被生活在西方世界的公众所赞同。因此，他们常常要生活在压力和痛苦之中。而他们身边最亲近的人，却深受其害……”

她的语调依然平静，灰蓝色的大眼睛却蒙上了一层浓雾。不难猜测，她一定又是联想到了自己的丈夫。

（二）

几年前，我在翻阅一部关于校史的新书时，几张黑白旧照跃入我的眼帘，揭开了一幅尘封已久的画面。

1974 年春天，中国的“文革”烈焰已接近尾声时，大洋这边却燃起了一把火，将宁静的校园染红了半边。几名以“马克思主义者”自居的左翼教授，模仿中国的红卫兵运动，带领学生游行示威，罢课造反，夺洋“走资派”的权，颇有向中国看齐，建立工农兵管理学校制度的势头。

罗莎琳的丈夫深受学生爱戴，年纪轻轻，就担任了系主任。整个事件中，他代表学生的利益日夜奔忙。几周后，校方为平息风波，采取了快刀斩乱麻的手段，宣布几名挑头闹事的教授为“共产党”，全部开除公职。罗莎琳的丈夫因“同情重用共产党”之罪名，也遭殃及，丢掉了饭碗。

尽管冷战时代已经结束，今天的人们不会再因“同情共产党”而获罪，但因长期以来的妖魔化宣传，人们仍然免不了心有余悸。我只能在私下里悄悄向罗莎琳打探 1974 年那场风波的原委。

“如果嫉妒某人的才华，最便利的手段就是给这个人扣上共产党的帽子！可他根本就不是共产党！他只是一个社会主义者，关心底层百姓的利益，为他们奔走呼号，希望能给社会带来公正与合理罢了！”她咬着嘴唇，压低声音，竭力控制着胸腔中的愤懑。“头上戴着那样一顶帽子，他失业后四下里找工作，却处处碰壁，从此一蹶不振。阳光和欢笑，从我们家中永远地消逝了。他完全变了，变成了一个陌生人，沉默阴郁，脾气古怪。我和孩子们都成了他的牺牲品。你能想象那是一种什么样的日子吗？如果没有坚定的信念，我恐怕早就崩溃了！”

两年前，中国作家代表团来加拿大访问时，罗莎琳曾在家中设宴，用美酒和诗歌盛情款待东方的文人学者。她的丈夫身为主人，见到来客时却手足无措，局促紧张，似乎三十多年过去了，仍然没有从当年那场致命的打击中恢复过来。在他呆滞木讷的神情中，丝毫看不到那个曾经攫获罗莎琳芳心的青年教授的风采。

一瞬间，我似乎更加理解了，为什么白求恩大夫会在他的家乡遭受冷遇。

无论多么坚强豁达的人，面对命运的挑战，也难免会有脆弱的时刻。罗莎琳的先生如此，被人们奉为英雄楷模的白求恩大夫又如何呢？他与我们一样，有种种人所共有的弱点。一位中共老前辈的女儿告诉我："白求恩绝非完美无瑕。事实上，恰恰是中国革命、中国军队、中国的老百姓教育和影响了他，最终成就了一个英雄人物的形象。"

她的话思之有理。然而，想起曾经读过的一篇文章，至今仍然难以释怀。

感染了败血症，而又没有任何药品救治的白求恩，躺在太行山深处小村庄的土炕上，奄奄一息。在忽闪的油灯微弱的光焰下，他断断续续地留下了我们今天都知道的遗嘱，把属于自己的所有物品，包括手术刀，铝饭盒，小汤勺，一条毛毯，一条呢裤，一根皮带，一双靴子……一一分送给身边的同志，也没忘记叮嘱加拿大共产党组织，除了继续募捐，支持中国人民的抗战之外，也希望能在他身后关照那位早已离婚的妻子，分期给她拨付生活费。

当上海的共产党人求助于黑社会头目杜月笙，躲过日本人的封锁，搞到一批珍贵的青霉素，几经辗转，终于送到那个小山村时，白求恩已处于弥留之际了……

（三）

踏着白求恩的足迹，到中国去看看，是罗莎琳自儿时起便怀揣的梦想。1974 年，中加两国刚刚建交，她正准备参加由一批加拿大教师组成的访华团时，却因为丈夫突然失业，家中陷入困境，而无奈地放弃了那次渴望已久的旅行。

她与白求恩一样，也出生在一个基督教牧师之家。爷爷和叔伯那两辈人中，有数位亲属曾来中国做过传教士。那些点缀着异国情调的家信与日记，常伴随着幼年的罗莎琳进入她神秘的梦乡。

说来有趣，虽然传教士们在解放后不久便撤离了中国，但到了二十世纪六七十年代，这些在中国出生的传教士的后代，不少人却加入了加拿大共产党。他们人数虽少，却凝聚成一股亲华力量，在朝野推波助澜，促成了中加两国邦交的正常化。

“为什么那批信奉基督教的加拿大人，会喜欢红色中国呢？”我不解。

“这不难理解啊！”罗莎琳扬扬眉毛，“《圣经》上所传播的人类终极理想，就是社会大同，人人平等。而这一切，恰恰在毛泽东领导下的中国实现了。那可是传教士们历经几代人的艰辛努力，都未能达到的目标啊！”

数年前，我曾随罗莎琳一起去多伦多，看望一位患病的老教授。这位加拿大老人在成都出生并度过童年，讲中文时操着一口浓重的四川口音。没想到，在谈及中国农村的现状时，他突然涨红了脸，情绪激动。尽管他在中国度过童年，亲眼目睹过新旧社会的更替，可是远隔重洋，雾里看花，他对中国近半个世纪的沧桑变迁，又能了解多深呢？

不过，与他观点相近的人，为数不少。前些日子，当罗莎琳与我谈起退休后的打算时，我建议她到中国去教英语，一圆她儿时的梦想。不料她一口就否定了这个提议。

“现在去？去做什么？”她瞪大了眼睛反问道，“难道去帮助人们多学点英语，以便他们多向西方帝国主义学习，让社会进一步两极分化？”

我愕然语塞。

“不错，我年轻时，的确非常渴望去中国，亲眼看看人民公社，赤脚医生，下乡知青，工农兵大学生，那么多令人鼓舞的新鲜事物！可是如今，非常遗憾，我不愿意去了……”罗莎琳优雅地轻轻摇着头，眸子里浸着她一贯的忧郁。

尽管在如何看待中国的变化上与罗莎琳不尽相同，秋风四起时，我们仍然再次携手，举办了纪念白求恩医生逝世70周年的专题研讨会。

在蒙特利尔市街头广场的白求恩雕像前，天空中飘洒着蒙蒙细雨，罗莎琳在《国际歌》庄严的乐曲声中缓步上前，毕恭毕敬地献上了第一支圣洁的百合花。她的后面跟随着一长串队伍，几乎全是中国人。很快，雕像前的几个大花瓶内就插满了五颜六色的鲜花。

冷风裹着雨点打在我颊上，模糊了我的视线。我仿佛又看到了70年前的一幕景象。蓝天下，一只孤鹰在太行山高高的崖畔盘旋。沿着崎岖不平的羊肠小道，人们抬着担架上长眠不醒的白求恩大夫，接连数日翻山越岭，到他足迹曾经踏过的地方，与村中的百姓一一告别。担架后面，跟随着长长一列挥泪相送的男女老幼。

望着络绎不绝、自发前来参加凭吊和献花的人们，罗莎琳不无动情地低声对我说："彦，请你记住，无论如何，我对中国的爱，对中国人民的感情，是永恒不变的。"

（四）

寒假来临时，在我的一再鼓动下，罗莎琳终于下了决心，与我同赴北京，参加在那里召开的国际学术交流活动。

我们下榻于天安门旁的豪华酒店。会议期间，组织者安排了内容丰富、令人眼花缭乱的参观活动。自始至终，罗莎琳一直矜持地注视着首都展现给游人的富丽堂皇，言辞谨慎，不妄加评议。但看得出来，她的内心，一定在为她所理解的"资本主义复辟"所带来的繁荣昌盛而感到困惑。

临走前那天傍晚，她突然提议说："我很想接触一下普通的中国百姓，亲眼看看劳动人民在今天的生活。你知道，为平民百姓谋福利，天下大同，是我们夫妇毕生追求的信仰！”

于是，我们决定不在酒店用餐，信步穿越天安门广场，来到了前门外装潢一新的大栅栏商业区。那里有一大片小胡同，不难找到她想看到的东西吧！

果然，罗莎琳对临街那些宽敞洁净、灯火通明的老字号大饭馆不屑一顾，坚持步入了与大栅栏相连的一条狭窄的胡同。这条胡同弯弯曲曲，宽不过两三米，似乎上百年间未经改造过，与近在咫尺的大栅栏形成了鲜明对照。路旁拥挤着一间间低矮歪斜的小饭铺和杂货摊，地上乱扔着果皮和碎纸，摊贩与行人操着南腔北调的口音讨价还价。有的小铺子里烟雾弥漫，黑压压地聚着一堆人，传出哗啦啦的骨牌声。

罗莎琳肤色白皙，身材高挑，又穿着一件浅灰色的风衣。她的出现，自然引人注目。只见她左顾右盼，在一个小摊子前停下脚步，饶有兴致地拿起塑料发卡和绣花鞋垫等小商品，在昏暗的路灯下仔细欣赏。没等她开口问价，身边就围拢了好几个人，有的只是好奇地盯住她瞧；有的把一堆项链、手镯举到她鼻子尖下，用流利的英语飞快地报价；还有一位大妈，扯住我的袖子，劝说我们到她的饭铺里吃火锅。

我感到颇为尴尬，深恐这些不登大雅之堂的景象落入罗莎琳的视野，破坏了中国在她心目中的神圣与辉煌。我忍不住嘟囔道，为什么在规划整修时，会忽略了这片最该整修的地盘呢？

“咱们不要朝里面走了。”我停住了脚步，劝她道，“这里的饭馆，条件都太差，你恐怕会不习惯的。”

罗莎琳的唇角浮出一丝微笑，双眸直视着我的窘迫。“为什么？这里是劳苦大众生活的地方，我没什么不习惯的。咱们就在这里找一间小饭馆用晚餐吧。我只要一碗面条就可以。面条总会有吧？”

一间间门脸儿看过去，我为她翻译着招牌上那些字眼：爆肚，肺片，猪头肉，牛百叶，羊腰子，驴钱肉…… 洋人多有洁癖，这些东西，绝对上不了他们的餐桌。也许她会知难而退，打消与劳动人民同吃同住的高尚理念。

罗莎琳却毫无退缩之意。说话间，她已在一家小饭铺门前立住了脚。隔着玻璃窗，可见里面一个十八九岁的年轻小伙子，正在案板旁吃力地揉着一大团面。天气很冷，他瘦削的身板上，却只穿着一件单薄的红色套头衫，裸露的双臂上，沾满了面粉，上下挥动着。

罗莎琳温存的目光在小伙子身上停留了几秒钟，只见她伸出手指，轻轻点了一下：“这里应当有面条吧？”

我不好再反对，掀起了在寒风中抖动的塑料片门帘。

小小的饭铺里，挤着七八张电镀桌椅。我们小心翼翼地跨过地面上的鱼刺、骨头，汤汤水水，拣了张靠墙的桌子，二人对面坐下。

罗莎琳看上去很平静，神色中似乎还流露出一丝骄傲。我为她介绍了菜谱，帮她点了六元一碗的青椒茄子面，为自己点了五元一碗的白菜面，然后悄悄示意操着东北口音的女服务员，把地上的垃圾略为清理一下。

除了我们两人，屋角还有一对顾客。两人一面吃饭，一面激烈地争论着什么。

罗莎琳悄悄地观察了他们一会儿，问道：“这两个人，是不是进城打工的农民？”

听着他们浓重的中原口音，再打量那黧黑的肤色、沾满尘土的衣裤，我点了点头。那两人看上去像是走南闯北、经多见广的老民工，丝毫不理会罗莎琳这个洋女人关切的目光。

罗莎琳的嘴角却绽出了得意的微笑。“呵呵，你刚才不是还抱怨，政府为什么没把这块地方也整修一新吗？依我看，保留下这几条小胡同，非常正确！你想想，一顿饭才花费不到一美元，只有在这种地方，劳工阶级才吃得起饭呀！否则都修成水晶宫似的大酒店，他们劳累了一天，到哪里去填饱肚子呢？”

对比罗莎琳的高尚境界，我很为自己狭隘的虚荣心感到羞惭，不好意思地笑了。

罗莎琳的身后，便是那个埋着头用力揉搓面团的红衣青年。我冲他招招手，半开玩笑地说：“小伙子，这位女士不远万里，从加拿大来到中国，就是为了品尝你做的手擀面呢！”

罗莎琳显然听懂了“加拿大”这几个中国字，明白我是在介绍她，便转过头来，睁大双眼凝视着小伙子。猜得出，她一定是在期盼着小伙子顷刻间绽出的惊喜表情，欢迎她这位白求恩大夫的故乡人吧。

然而，小伙子只是侧过脸，朝我们投来茫然的一瞥，手中依旧不停地揉搓着那一大团面。

“唉！”罗莎琳轻叹了一声，回过头来，“今后的中国，恐怕都没人知道白求恩是谁了。”

（五）

刚出锅的面条端上来了。热气腾腾的大碗摆在面前，似乎冲淡了罗莎琳的失望与惆怅。她一面笨拙地摆弄着筷子，连连称赞青椒茄子面的可口，一面摆出姿势，让我为她拍照。

于是，我拍下了一张她与灰头土脸的农民工同室进餐的照片，又拍下了一张她用筷子高高挑起面条、端坐微笑的特写。背景便是低头揉面的红衣青年。

不知是她吃腻了会议几天来提供的珍馐美味，抑或她只是受高尚情操支配的缘故，在我看来，这碗撒了一把盐粒的白菜煮面条，实在是寡淡无味。若不是为了她，我倒宁愿去品尝那些在加拿大绝对享受不到的爆肚羊杂之类真正的特色小吃。但我不想扫她的兴，便陪着她，慢慢往口中塞着饭菜。

正当我们沉浸在各自不同的感受之中时，小小的饭铺里，突然响起了骇人的清理喉咙的声音：“咳……”

我的头皮发麻，浑身上下瞬间绷紧了。我知道，接下来的，就该是令人难以忍受的一声“呸”了。我不敢抬头，心里紧张地祈祷着，揉面的小伙子会记起来正在用餐的顾客，忍住自己喉咙里的冲动。

然而，十分不幸，我听到了那口痰有力地冲出口腔，“啪”地一声落在地上，紧接着，又传来了胶鞋底蹭在水泥地面上的刺耳的摩擦声。

这一切都近在咫尺，无遮无拦。我垂下眼皮，机械地捏着手中的筷子，一下下戳着碗里的面条。从眼角的余光，我看到罗莎琳早已放下了手中的筷子，推开碗，身板僵直，呆若木鸡。我能感到，她失神的目光正定定地投向我脸上。但我坚持着避开那双灰蓝色的眼睛。在尴尬的气氛中，过去了整整几十秒。

“我来中国四天了，看到了许多东西，对很多事都在逐步理解，”罗莎琳开口了，依旧慢条斯理，但声音里透着寒气，“唯独这件事，我无法接受。”

我终于抬起头来，迎接着她强自镇静的神情。我知道，她在竭力压抑着心头的厌恶。但我不知该对她说什么才好。难道她不晓得，选择到这种地方来就餐，就意味着要坦然面对劳苦大众的生活习惯？此刻，我多么希望，她能够克服心头的软弱，勇敢地面对生活中严酷然而却真实的一面啊。

“你明白我指的是什么吗？”见我不回答，她误以为我太迟钝，没有理解她的意思，于是斜斜嘴角，不易察觉地歪了一下头，暗指站在她身后的红衣青年。接着，她又问：“听说，早在奥运会之前，中国政府就已经向老百姓进行过卫生礼貌方面的宣传教育了呀！”

我点点头：“不过，你不能指望所有人都能很快地改变几辈子形成的生活习惯，尤其是来自底层的百姓。”

她碗中剩下的青椒茄子面，已经变冷，汤面上漂浮着几星白腻的脂油。只见她朝着空中发了一会儿呆，终于立起身来。

我叹了口气，也放下了手中的筷子。临出门时，我悄悄瞥了一眼仍在奋力揉面的红衣小伙子，向他摆手道别。他的目光，与方才一样，依旧罩着一层漠然与空旷。

小胡同里，游客都已散尽。寒风中的路灯白凄凄的，照在人脸上，泛出一层幽幽的青光。我和罗莎琳踩着脚底高低不平的路面，默默地往回走，谁也不再开口。

（发表于2010年2月北美《世界日报》副刊）

4
盘丝洞酒吧

推开门，迎面袭来一股邪风。烛火幽幽，灯影幢幢。四壁装饰着骷髅，白森森的。天花板上垂吊着蜘蛛网，阴惨惨的。蒙了黑纱的死神，青面獠牙，飘浮在半空。

啥子个飞鱼酒吧？叫个盘丝洞还差不多哩。她悄声嘟囔着，朝墙角那张桌子走去。也难怪，今天是万圣节。上次来时，哪有这些鬼怪玩意儿？洋人的习俗，真欣赏不了。

选的桌子，与上次那张是同样地点。可桌角摆放的装饰变了。石膏塑的怪兽龇牙咧嘴，血红的舌头伸得老长，冲着下面的玻璃碗垂涎，一副贪婪的嘴脸。恍惚间，在那张吻部突出的大嘴巴上，她瞄到了骚玲的影子。心头一颤，她移开了目光。

舞池罩在暗影中。一束孤独的顶光直泻而下，投在巨大的石雕上，照亮了双翅乍起的鲨鱼。看那凶狠泼悍的架势，活像骚玲那个婊子。她故意把邵玲念作骚玲，反正湖南人邵、骚不分，难、烂也理不清。

她怎么也想不明白，那个婊子给云荣灌了什么迷魂汤，他竟能如此绝情。叫她婊子，一点不冤枉。多伦多的朋友说，骚玲移民来加后，在一间小诊所里当化验员，整日与屎尿血液细菌病毒打交道。搭上云荣之前，不知跟多少人睡过，搞到最后，连子宫都被割掉了。可这婊子有心计，一直瞒到登记结婚后，才对那个傻瓜坦白。云荣吃了哑巴亏，还硬着头皮充好汉，说他不在乎，反正已经有了一双儿女了。

女儿在多伦多上学，参加了她爸爸的婚礼，回来说，骚玲逼着爸爸在多伦多摆酒宴客，事后还张罗着，把一百多张照片都贴到网上去炫耀。那婊子从头到脚裹上白纱，咧了张血盆大口媚笑着，挨个给来宾敬酒哩。哼，白纱有啥子用场？裹了个残缺的躯壳，没的让人耻笑哩！

八点三十分整，音乐骤然响起，彩灯齐刷刷亮了一片。荷花粉的，水草绿的，金鱼红的，交相辉映。须臾间，舞池里便涌入了各色男女。混杂的香水味钻入了她的鼻孔。她皱了下眉，悄悄拿眼扫过去。在那些肥的、瘦的、直的、弯的身躯间，没有发现那个男子。那人身材高挑挺拔，是这群杂交羊中的骆驼，不难辨识的。他今晚会来吗？

在一男一女两个教练的带领下，羊们在狭窄的舞池中见缝插针，或灵巧或笨拙地扭动着腰身。一个五短身量的浅棕色男子，脑门和头顶贼亮，反射着红红绿绿的彩光，两鬓的头发留长了，顺到后脑勺上，绾了个小卷，像中国乡下老太太的纂儿那样。下巴上的胡须却乌黑浓密，形成强烈的反差。他搂着一个淡黄头发庞大如象的女人，卖力地蹦跶着，额上渗出亮晶晶的油汗珠。做转圈动作时，猴样的男人拼命将手臂举高了，大象女人还需低了头，才得以转过身来。

若论腰身和舞步，这一池人中，都不及云荣呢。她想。怪不得同在超市里做寿司的女友不愿陪她前来。那种地方的男人，都是些垃圾货。谁去呀！

音乐换成了欢快细碎的调子。她呆呆地盯着旋转的彩灯，眼前浮现出灯光明亮的舞台。在小城华人协会举办的新年晚会上，她和云荣描了眉画了眼，腰系红绸绿缎，边扭边唱。一曲黄梅调的《天仙配》，博得满场掌声和欢呼。年复一年，扭着扭着，十多个寒暑就逝去了。

吧台后面，转出来一个红发绿睛的女招待，走到她桌子旁，殷勤地笑着，说了句什么。她听不懂，但猜出来，是问她点什么饮料，于是脱口而出，咖啡。这个字眼和英文一样，捉条狗绑了，都会说的。女招待又问了句什么，她却猜不出了。愣怔了几秒钟，才大声重复了一遍，咖啡。

头次踏入这个地方，是盛夏时节，骄阳似火。接到了云荣的电话，约她来城西这家偏僻的洋人酒吧会面，商谈财产分割的协议，演完最后一场戏。

那天，她特意挑选了一条黑白大花的无袖连衣裙套上，露出修长的臂膀，再用宽皮带勒紧了腰身。掺杂了白发的马尾巴染成流行的深棕色，用红色的塑料卡在头顶高高束起，又选了双尖头高跟鞋踩上。在穿衣镜前照来照去，也堪称风韵犹存。

没想到，他是带着那个骚货一起露面的。

女人的脸上涂了厚厚一层粉，活像白骨精。一对勾人的媚眼，骨碌碌乱转。可惜吻部太朝前突出了，掩盖不住与生俱来的市侩气。然而，她年轻，也属蛇，却比自己小了整整一轮。这就是优势。

云荣闹了足足两个冬春了。她原本一直硬撑着，不肯向他的无理要求妥协。但接连数次在家中的洗衣机里发现了可疑的蓝色粉末，在水面上幽幽地漂了一层，她心生恐惧了。悄悄拿到朋友那里咨询后，得知是化验室里常用的染色剂，倒是无毒。显然，是那个骚货出的鬼点子，恐吓威逼她早日签字呢。想到那婊子心狠手毒，说不定会铤而走险，对孩子下手，她无心恋战了。

她很清楚，签完字，唱完最后的二人转，谢了幕，从此就天各一方了。

“今后，照顾云荣的责任，就全靠你了。”她微笑着说，竭力噙住眼角几乎涌出的泪水。

“多操心你自己吧！早点找个人。要不，今后你靠谁呢！”

白蒙蒙之中，她瞥见了那个血红的冷笑。一下没控制住自己，便打破了勉力维持的平静。“我会一直等着云荣的。什么时候他想回来了，这个家门，都会对他敞开的。”

话音刚落，白骨精就现了原形。那只吊额金睛白虎端起面前的咖啡，劈头盖脸朝她泼下。“嫉妒！你嫉妒！又老又丑了，倒贴钱也没人想要你！”

面颊烫红了，褐色的液体从发梢滴下，洇湿了胸前的连衣裙，顺着大腿，流入了高跟鞋内。疼吗？她没有感觉。云荣拿着餐巾纸，手忙脚乱地帮她擦拭着。她在瞬间获得了满足。

这戏剧性的一幕，落入了舞池中一个身材高大的白人眼中。他松开怀中搂着的舞伴，走到他们身旁，盯着她问道："需要我帮你叫警察吗？"

她听懂了"警察"那个字眼，便慌忙摇头。不，不，决不能让云荣进监狱，那会毁了他的前程。

"你肯定吗？"白男人不放心，继续追问，蓝眼睛中燃烧着青烟。

她摆摆手，再次谢绝了这位陌生大侠的好意。白男人转身走了，回到舞池后，还频频朝这边投来关切的注视。

云荣慌里慌张结了账，扯着骚玲，一溜烟不见了踪影。

今晚是万圣节，她不想一人留在家里，迎接络绎不绝的敲门声。往年的这一天，是充满了欢欣记忆的。孩子们那时还小，天刚擦黑，就迫不及待地戴上面具，拎着口袋出门了，顶着星光满载而归，各色糖果就摊了一地板。儿子毕业后到美国工作去了。女儿今秋也去多伦多入学了。活到四十八，她才第一次开始独自过节，如果鬼节也算节庆的话。像云荣一样，她也选择了这家小城华人从不光顾的酒吧。

出门前，她仔细地化了妆。她不知道为什么要这样做。也许，只是好久不曾这样做罢了。她注意到，舞池中不时有人朝她投来探询的目光。听说，洋人分不清中国女人的年龄，即便知道了，好像也不在乎。中国男人不一样。行将就木了，仍然觊觎着豆蔻年华。

云荣年轻的时候，穿戴土气，缩手缩脚，从不敢在人前高声说话。

自己虽然比他大两岁，在工厂里也有不少人追呢。那时你怎么不嫌我是个高中毕业生呢？如果不是和我结婚，你怎么可能分配在长沙工作？早就回你的湘西老家去了！不错，你出国后拿下了两个博士学位。可要是没有我黑天白夜成年累月地打两份工养家糊口，谁来供你读书？谁来支付房贷？

她胸口隐隐作痛。端起咖啡杯喝了一大口。苦涩的汁液压下了泛起的浪头。怨不得旁人。苦酒都是自己酿的。自从云荣在多伦多找到这份年薪十几万的工作后，他懒得天天开车回家。自己也心疼他，便鼓励他在那个充斥着华人移民的都市里租房住下，为他结识那个骚货创造了机会。云荣说，人家是有事业心的女性，所以等到三十几岁了还没嫁人。听女儿讲，婚后，骚玲才透露出，她买了一栋房子，还欠着银行六十万贷款呢。自然，债务都转嫁到云荣肩上了。

活该！她禁不住发出了一声苦笑。

忽然，她注意到，那个身材高大的白人男子不知何时在舞池边出现了。不错，正是他，那个试图帮忙叫警察的大侠。他大概是这里的常客吧，潇洒地挥着手臂，不停地与熟人打招呼。她胸口快速地跳了几下，不由自主地挺直腰板，整理了一下衣襟。

音乐又响起来了，是快速的西班牙萨尔斯舞。只见大侠搂着一个生了水蛇腰的白女人旋转起来。她注意到，舞池中好几个女人都在向他投去欣羡的目光。

伴随着音乐，她用脚尖轻轻点击着地板。这种舞不难，一看就会的，用不着人教。她悄悄对自己说。

一曲落下，那个脑后梳纂的猴样的男人放下怀中的象女，朝她瞟过来几眼。果然，他端了杯啤酒，踱到她的桌子旁，弯下腰，殷勤地与她搭讪。贼亮的脑门下，她看不到他深陷的眼睛，只看到了那只尖削的鼻子。她摇摇头，挤出歉意的一笑。

猴样的男人转身离去了。她用目光搜索了一下，赫然发现，大侠就在对面的桌子旁坐着呢，与两个女人谈笑风生。他们说的不像是英语。是哪国话呢？德国？俄国？西班牙？还是意大利？她忽然觉得，明天就应该去政府办的英语培训班报名。一晃，十五年过去了，竟从来没有生出过如此强烈的向往。

音乐声再次响起，大侠拥着水蛇腰，兴致勃勃走向舞池。自始至终，他似乎没有注意到她的存在，尽管近在咫尺。

她端起咖啡杯，将残汁一饮而尽，忽地站起，朝门口走去。

（发表于2014年6月北美《世界日报》副刊）

5
黑 管

三十多年都过去了，她才终于悟出，原来当初令她魂不守舍的，其实是音乐，而非人。

那是一个物质匮乏、美也缺乏的年代。黄昏时分，日头隐没在校园外残缺不全的土城墙后面了。城墙上的荒草在秋风中摇曳。幽长阴暗的宿舍楼道尽头，响着滴滴答答的漏水声。从某间宿舍的门内，传来了黑管中流出的“小天鹅”，像天籁之音，淹没了周遭的颓败、萧瑟。

从此，那声音便总是在她的梦中流淌着，挥之不去，并时时跳出来叩击她的心魂，多年不散。

此刻，在唐人街中餐馆沾着一层油雾的吊灯下，她坦然地、不再畏怯地打量着他，才惊讶地发现，这张肌肉松弛、神情懈怠的面庞，普通得不能再普通，逊色得无法再逊色。曾经吹响过撩人心扉旋律的那两片丰润的红唇，不知何时已变成了肥厚的酱紫色。已经稀疏豁漏的齿缝间，吐出了一些数字，三三两两地，围绕着房价、股票、利率等等她懒得关心的内容打转。

从那对已经浑浊的小眼睛里，她捕捉到了一缕飘忽不定的白光。很熟悉的。只是她现在可以直直地盯着，不再躲避了。

其实，当那张脸上的肌肤还泛着青春色泽的时候，她就曾不止一次地看到过这种令她不悦的白光。可是，多年前的她，为什么会视而不见呢？或者说，为什么会自欺欺人、固执地否认她的直觉？

她现在明白了。是的，是从黑管中流淌出的“小天鹅”，在她心头燃起了一道耀眼的白光，遮蔽了本来无遮无拦的庸俗，还有委琐。

然而那一道白光，却使她四年的大学生活在阴影下度过。为了博得那对小眼睛的青睐，她曾笨拙地折磨自己，去换取每一次测验与考试的全班最高成绩。她推辞了在假日里与其他女生结伴出游寻欢作乐的机会，也一次次拒绝了几个男生悄悄递给她的电影票。冬日里北风呼啸，当红男绿女们在交谊舞会上狂热地旋转时，她固执地守候在那台老旧得沙沙响的留声机旁，一遍遍反复地播放磁带。炎夏里暑热蒸腾，当整个校园都陷入午睡的沉寂中时，她孤独一人坐在空荡荡的大教室里，费力地啃噬着天书一般的英文原著。

当她的名字一次次出现在校园里张贴的红榜上时，她曾满怀希望地企盼着，擦肩而过时，能捕捉到那张脸上流露出的含蓄、仰慕的神色。然而，留给她的，只是一次次的失望与落寞。

她不甘心，更不理解，为什么他的目光会频繁地落在那个平庸无奇的女人脸上？为什么他会用旁若无人的高声谈笑来刺激她敏感的心房？为什么他会毫无心肝地把她纯真的小诗四处散播？

她从来没指望，三十多年后，还有机会把折磨了她半生的疑问一一摆上桌。

“唉，你不知道，那一碗汤面，对我们来说，是多么宝贵啊！食堂的伙食太差了。晚餐就只有那么两个窝窝头，到了九点多，就饿得什么也读不下去了，那滋味儿真难受啊！她那个煤油炉子上冒着热气的小锅，简直就是珍珠翡翠白玉汤！不光是我，好几个男生都惦记着呢！能去她那间小屋吃一碗加了酱油的煮挂面，多令人向往啊！”

是的，我真傻，真的，怎么就不明白男人喜欢的是什么呢？大红榜上的名字，远远比不上一碗汤面的诱惑。

“可是，吃了人家那么多碗汤面，却没娶人家，也够薄情寡义了吧！”她笑着调侃，不妨接受他的解说。

“嘿嘿！”他也笑了。毕竟老了，坦率了许多。“我会永远记着她的汤面的。但是婚姻嘛，比起一碗面，当然要复杂得多。”

其实，他从来就是个讲求实惠的人。是“小天鹅”圆润流畅的音符，掩盖了几分狡黠，几分尖刻。这一点，连煮了那么多次汤面的女人，也未必看透。不，也许她与我一样，只是不甘心面对残忍的直觉罢了。

她忽然觉得，那个女人更堪怜悯。

岁月早已教她悟出了这个浅显的道理。所以这次来纽约开会，她事先根本没有告诉任何熟人。不过，当她走下讲坛，远远地瞥见站在观众席后排的那个已经发福的身躯时，心中还是蓦然一动。

“你，怎么来了？”她坦然地伸出手，努力让自己的声音平静。

“在报纸上看到了你的名字。虽然是英文的，还是猜到了，大概是你。”

就是为了这句回答，她决定放弃研讨会的宴请，跟随他来到了唐人街这家小饭馆。潜意识里，她试图理清一笔多年的旧账。

该说的，都说完了。她已经失去了继续坐在这里的兴趣。趁他上洗手间之际，她去柜台上，付清了那两碗汤面的钱。

他发动了引擎。车身轻轻颤抖着，车轮却迟迟没有驶离这条黑暗的窄巷。又扯起了一些旧日的话题，仍然是漫无边际，东拉西扯。

忽然，他提起了一桩几乎已被她遗忘的传说。“还记得吗？刚入校的第一个学期，全班一起去看苏联电影《钢铁是怎样炼成的》。看完了，你对大家说，你最喜欢像保尔·柯察金那样会打架的男生了。”

“喔？我还说过这样的话吗？”她笑了。车里有股热气吹在脸上，暖暖的。

“当然说过了！嘿，你恐怕不知道吧，我从小就爱打架，在我们那一带，是出了名的！”

她心中一抖，却没接茬。依稀记起了那个年少轻狂的月夜，从电影院走回校园的时刻，胸口便混杂着一丝温热，半点凄凉。

街灯昏黄，看不清车里人的脸。她直盯着前方的黑暗，不免奇怪，为什么他还不驾车，离开这僻静的小巷。沉默中，她感受到了车内空气的稀薄，生出几分不自在。

他接连叹了几次气，似乎在犹疑着什么。他想说什么呢？歉意，忏悔？请求原谅？罢了，最好还是什么也别说。她在心头默念着。一切都为时太晚。过去的，就是过去了。如果你真的说出来什么，我也只能像丽达与保尔·柯察金重逢时对他讲的一样，告诉你，“我们早已是三位一体，不可分割了”。

“你，不介意我抽烟吧？” 他在黑暗中摸索出一支烟卷，点燃，狠狠吸了一口，似乎鼓足了勇气。“我在想，当初，如果我们真地走到一起了，会是一种什么状况呢？”

她盯着街灯幽幽的微光，不动声色，唇角浮起了一丝笑。“什么状况？毫无疑问，我们，很快就会分手的。”

“嗯？为什么？”他侧过脸来看她，似乎不相信自己的耳朵。

“其实，我是个非常挑剔的人。而且，我有足够的勇气，会随时纠正自己犯下的过错。”说完这句话，她收起了唇角的笑。心中却感到了一阵快意，或者说释然。

他沉默不语，烟头在黑暗中一明一灭。猜不出他在想什么。也许，那些习惯了围绕着数字跳跃的脑神经细胞，正在费力地重新排列组合。

黑夜给了我黑色的眼睛，我却用它来寻找光明。她脑中滑过了一首著名的诗句，却觉得没有必要说给眼前这个人听了。

“太晚了，送我回去吧！”她只说出了几个和汤面一样实惠的字眼。

车子停在了酒店门口。她下了车，回身匆匆朝他挥了下手，便毫不迟疑地迈向了灯火辉煌的大门。柜台后的侍者微笑着与她打了声招呼。大堂里回荡着轻柔的音乐，浪漫，悠扬，似白天鹅的翅膀，在空中翱翔。

她迈入电梯，按下了顶层的数字，看着红色指示灯一层层闪烁。

黑管给了我黑色的错觉，我却因它走向了超越。

她念出在脑中盘旋了一晚的句子，轻轻踮了一下脚尖。她知道，从此，她的梦中不会再流淌“小天鹅”了。

（发表于 2011 年 6 月北美《世界日报》副刊）

6
白　喜

老裴是在帮一户新移民搬家时，突然歪倒在楼梯上的。脑溢血，来不及留下只言片语的遗嘱。

老裴无儿无女，是大家公认的最虔诚的基督徒，早就把余生交给了组织安排。可是呼吸停止前，他在急救室的病床上瞪大了双眼，似有满腹心事未了。

身边没亲属，跑前跑后的，除了教会的牧师和长老，就靠我们几个乡亲了。大家四处联络，上天入地，才找到了正在云南边陲一家珠宝店里与人砍价的裴太太，催她立马返回加拿大来。电话上不敢明言，只吞吞吐吐提醒她，病情严重，即便抢救过来，恐怕也得瘫痪了。

去多伦多机场接裴太太时，众人皆躲躲闪闪的。裴太太倒很镇定，迎着嗖嗖秋风，举起手中拎着的男用小便器。“瞧！什么准备都做好了！大不了就是侍候他在床上躺着，过完下半辈子呗！”见到我时，还不忘关切地问上一句，“你跟那个教授的事，进展得怎么样了？”

面包车在夜的公路上默默行驶。黑暗中，我握着裴太太的手，终于让她明白过来，小便器已成多余。

“…… 我主在前领路…… 我主与我同行…… 我心不孤独…… ”裴太太的嗓音，顿失往日铿锵，伴着嗡嗡的车轮和引擎声，在空气中游荡。

几个教友也加入了她的歌声，由弱到强。我不会唱圣歌，独自沉默着。心，却为这没有眼泪、没有哭泣的哀悼而紧缩。裴太太歌声里颤抖着的，可是懊悔？她向主祈求的，可是起死回生的灵丹妙药？

裴太太这次不辞而别，归国旅游，是与老裴赌气的结果。

盛夏时，她不顾气候炎热，煞费苦心地置办了一桌丰盛的饭菜，请来几个老乡，为老裴做寿。谁也没想到，唱完生日歌，吃完奶油蛋糕，老裴抹抹嘴，郑重其事地开了腔：“托主的福，我这么一条卑贱的命，竟能活到六十，又无病无灾。我太太身体不好，可能走在我前面，到时我就把房产捐献给教会，自己一人到非洲传教去，以报答主恩。”

大家听了这番话，面面相觑，连忙顾左右而言他。裴太太当下就黑了脸。老裴却似浑然不觉，端起茶壶，管自笑着往众人杯中斟茶。

初见老裴，我脑中就跳出鲁迅笔下孔乙己的形象来。他幼年丧母，少年失父，家境贫寒，秉性清高。一个研究高能物理的博士生，出国十几年了，在就业问题上一直未能如愿。但老裴宁肯吃糠咽菜，日子过得捉襟见肘，也不肯放弃理想，像大多数新移民一样，另换一个实惠的专业。心中苦闷，无处排遣，皈依主，也就顺理成章了。

老裴烟酒不沾，电视不看，唯一的业余爱好就是读《圣经》。遇到朋友，三句话没讲完，就开始论证达尔文进化论的荒谬和上帝创世的无懈可击。失业时，他就泡在网上。最着迷的，就是信徒们描述灵魂上天游历的奇妙经历。看完了还打印出来，一一散发给旁人。朋友们需要帮忙时，他总是有求必应。累得筋疲力尽，却连回谢他的饭也不肯吃，说身为基督徒，助人为乐，是荣耀主呢。

其实裴太太也并非俗人，若论信主的年头，比老裴还长，荣耀主的事，也不比老裴做得少。我来加拿大，转眼已经十年。好不容易立住了脚，却成为年近四十的老大难了。也多亏有裴太太这样的热心人，碰上了单身男士，总是张罗着为我牵线，陪上时间，搭上茶点，还从不嫌烦。

可是裴太太私下里抱怨，像老裴这种书呆子，要么死活不信主，八头牛也拉不进去；要么一朝信进去了，就走火入魔，虔诚得恨不能抛家弃舍上五台山。

“为教会捐献，老裴从不吝啬，哪怕家无隔宿粮，他也会把兜里剩的几个大子儿全掏出来。可我这当太太的跟他要个零花，他却从没痛快过！”

裴太太一说就来气。“那次从多伦多来了个人，说要办传播福音的电台，油嘴滑舌地鼓噪了一晚上，号召大家解囊。看老裴当下坐立不安的神情，我就知道，他又想割肉卖血了。我偷偷在他腿上狠掐了一下，低声警告他，你这次若是再敢捐，我跟你离婚是离定了！看来是把他吓住了，他犹豫了半天，最终没敢掏口袋！”

裴太太一口咬定，老裴这样做的出发点，是骨子里的自私自利。“因为他真信《圣经》上说的，在人世间存钱没用，而捐给上帝的事业，就等于在天堂里给自己储蓄呢，死后才能去那里享受。哼，为了他死后过得舒服，就剥夺老婆活着时候的幸福！”

恐怕也是赌气，裴太太声称有病，于是从早到晚卧在沙发上看电视。台剧港剧韩剧，一出接一出，茶几上瓜子皮花生壳堆成了小山包。看得头晕脑涨，便去逛旧货摊。三三两两的物件拉回家来，塞满客厅过道厨房。老裴不满，皱了眉道，家里来个人，连下脚的地方都找不到。

“我高血压，坐骨神经还疼，哪能去打工啊？”裴太太一口拒绝了我的建议。“再说了，到哪儿不都是靠男人养家。我要是去打工，他的脸面往哪儿搁？”

老裴给一位教授做助研。经费紧张时，开不出工资，他等于是在做义工。家里实在入不敷出了，老裴只好将空闲的地下室，以低廉的价格出租给新移民。

有天半夜，我都睡下了，裴太太却顶风冒雪跑来诉苦。她说，房客中有个女人，离开丈夫独自出国，许是寂寞无聊吧，天天晚上跟着老裴一起读《圣经》，谈体会。老裴被迷得失了常态，总夸那女人悟性强，进步快。

见我不置可否，裴太太又补充说：“我们一起去买菜，老裴竟然替她买了一大堆东西回来。好像那个女人爱吃什么，他倒很清楚！他何时这样关心过我？连我的生日都忘得一干二净！提醒暗示了好几回，到时候还是不记得给我煮碗面条！”她越说气越大。

“那个妖精住在地下室，大冬天的，屋里开了六盏灯，问她为啥，她说怕冷。可她身上却穿着一件玫瑰红的紧身短袖羊毛衫！怕冷你咋不多穿点？爱俏吧？老公在国内，你露着白胳膊，给谁看？”

那晚躺在床上，裴太太和丈夫聊天，有意试探。“楼下那女人长得不错，是吧？”

老裴不知是计，应道：“她年轻时可能很漂亮。”

“你咋知道呢？”

“她说她大学毕业后，分配到博物馆当讲解员，她丈夫第一次来参观就看上了她。”

“你听听，一个单身女人，和男人扯这种话题，不是勾引，还能是什么意图？”裴太太气愤得嘴唇直哆嗦，我也不知如何安慰她。

另外，教会一有活动，老裴就开车带着那女人同去参加。可是自从裴太太吊了几回脸后，那女人就再也不搭他们的车了。老裴认为，太太的白眼，断送了他几乎要成功领入主大门一只迷途羔羊的努力。裴太太火了，坚决要赶走这个房客，老裴却不答应。今晚她使出了一贯的杀手锏，以离婚相威胁，没想到老裴竟然同意了！

对老裴夫妇的劝说毫无效果，海外又没有其他组织可以依赖，只好请牧师出面做思想工作了。牧师批评教育了老裴，硬是逼着自称清白无辜的老裴给太太写了一首长达三页的忏悔诗，承认心灵受到魔鬼诱惑，一度偏离主的正确航线，几乎认不清主赐给他的妻子是多么优秀云云。写完后，签字画押交太太收藏了，再手按《圣经》发誓赌咒，保证从此不受“邪灵”诱惑，并将“妖精”撵出家门，一场风波才算平息。

然而，这次纠纷已伤透了双方感情。只不过囿于《圣经》中教诲，老裴深恐因离婚坏了一世操守，将来无颜面对主。而裴太太呢，口里喊得再凶，也得考虑离开老裴后她怎么生活。所以两人闹了无数回，都是雷声大雨点小，末了谁也不肯真格离婚。

裴太太虽然在家中如此不顺心遂意，却仍不忘关心我的交友之事。“你就别挑剔啦！”裴太太曾劝我，“没看眼下的男人，都是吃着碗里，还瞧着锅里的！你嫌那位教授总是不能从丧妻的哀痛中自拔，依我看，像他那种盯着空碗回味无穷的，都快绝迹啦！连老裴那么老实的人，要是没有主约束着，都不知会犯下什么事儿呢！”

如今他们的一切恩恩怨怨，都该在葬礼上彻底了结了吧！教会感念老裴长期做义工，奉献大，为其操办了隆重的葬礼。那天，不大的礼堂里挤了几百人，有些是从外地，甚至美国赶来的，可见老裴人缘之好。

一个东北大汉专程驱车七八小时，从渥太华携来一捧鲜花，献给老裴。大汉去冬住在老裴家地下室期间，曾结新欢，立志要与国内青梅竹马的妻子离婚，多亏老裴夜夜苦口婆心，秉烛长谈，才挽救了一颗险些堕入地狱的灵魂。

人丛中，裴太太一眼瞄到了一个她最不愿意见到的影子。那个曾经惹得她与丈夫大动干戈的女人，不知从哪儿闪将出来，从头到脚一袭黑衣，飘到老裴灵前默哀。裴太太沉下脸，故作不见，转过身来与我搭讪。

“她咋还有脸来这儿？”裴太太从齿缝里挤出了一句话。这么久了，阴霾仍未消散。

“人家还是有良心的，否则就躲着不来了。”我没敢用“情意”这个词。一面劝她，一面悄悄打量那黑衣女人。只见她虽已中年，但肤色白皙，身段窈窕，眉宇间透着一抹韵味，是裴太太所不及的。

谁也没想到，各方代表都发完言后，黑衣女人突然走上讲坛，向牧师请求，希望颂读她连夜赶写的悼词。众目睽睽之下，裴太太无法阻止，眼睁睁瞅着那女人走到了麦克风前。

“…… 你轻轻地来了，你又悄悄地走了，不带走一丝遗憾，未留下半点朦胧。自从你降临人世，灾难就一直伴着你同行。三岁那年失去了母亲，你一直在寻求着她的身影。终于，在远离故国的土地上，你的灵魂找到了安宁。”

黑衣女人一张口，那感情充沛、抑扬顿挫的声音，立即就吸引了全场的注意力，方才还议论纷纷的礼堂，瞬间变得鸦雀无声了。

“自从那个飘着雪花的傍晚，你冒着严寒出现在我的面前，你明亮的眸子里真诚的凝视，你瘦削的面颊上矜持的笑容，就永远留在了我的脑中，从此再也不曾随着你肩头的雪花消融。记不清了，曾经有多少个不眠的冬夜，朋友们灯下长谈，争论不休，杯中的茶水浓了又淡，淡了又浓。记不清了，曾经有多少个夏日黄昏，大家漫步街头，倾心交流，直到星星闪烁在遥远的天穹，路灯照亮脚下坎坷的人生。

“你像荒野里餐风宿露的苦行僧，你像黑暗中搜集光明的萤火虫。你的存在，给这不尽完美的尘世带来了温暖和希望。你的善良，像一面镜子，折射出形形色色的渺小与空洞。你看到了吗，裴大哥，朋友们今天都来了，来送你启程？我看见了你微驼的背影执着地前行，我看见了你花白的额发在寒风中飘动，我看见了你明亮的眸子里闪烁着智慧的光芒，我看见了你瘦削的面颊上蕴涵着勇气与坚定……”

黑衣女人满脸泪珠滚动，泣不成声。在她的呜咽里，我清楚地捕捉到她对老裴发自全身心的真挚感情。不管她与老裴的关系是何种性质，有了这份裴太太都拿不出来的悼词，也足以告慰老裴的在天之灵了。

台下坐着的几百名来宾，都受到黑衣女人的感染，发出一片唏嘘声。我悄悄瞥了一眼身旁的裴太太，见她也用手帕捂着脸，肩头直抖动。

仪式结束后，我躲开裴太太，独自绕到黑衣女人身旁，与她低声交谈。她告诉我，昨天晚上，她已经找到教会牧师，表态决志信了主，也不枉老裴对她的一番教诲和深情。

正谈着，人丛中走过来一位身材魁梧、鹤发童颜的老外，朗声笑着与我们二人握手，自我介绍说，他是大学物理系的主任，老裴生前曾在他指导下搞过研究。

“看你哭得那么伤心，你和老裴的感情一定十分深厚啊！”他笑嘻嘻地问黑衣女人。黑衣女人英语不灵，听不懂，我便为她做起了翻译。

这位老外的表情，令我十分不自在。葬礼上，岂能出现这种毫无顾忌的笑容？黑衣女人显然与我有同感，她眨眨红肿的眼皮，面露尴尬，未做回答。老头儿却抖动着下巴上的白胡子，又哈哈笑了。

黑衣女人默默不语，转身走开了。碍于情面，我仍然礼貌地与白胡子交谈着，目光却躲避着绽在他颊上的唐突的笑靥。心中未免惶然：有多少洋人会像他那样，在葬礼上乐呵呵呢？

说来真是再凑巧不过了，星期一才上班，就得知了公司老员工芭芭拉的母亲去世的消息。几天后，同事们相约，驱车百里，参加了在一所小镇教堂中举行的葬礼。

芭芭拉的母亲享年九十三岁，两年前就亲自提笔写下了一首小诗，指明要用在自己的葬礼上。

“霞光中鸟儿在林间穿行，
迎接又一个黎明的诞生。
上帝的花园五彩缤纷，
引导我踏上归家的路程。
欢乐地唱起赞美的歌，
庆幸在大爱里又获重生。

天堂里翘首将我企盼的，

还有先我而去的至爱亲朋。”

读着印在老人慈祥的照片下的这几行诗句，我禁不住感佩她面对死亡的超然和冷静。她的亲属和朋友们依次上前，或朗读《圣经》或弹唱圣诗，一切都严格地按照她事先指定的人选、顺序、歌曲、章节。此时，我心中忽有所悟：也许，信仰耶稣基督的人，真地认为死者是去了天堂，不仅到了上帝的身边，还能与过世的亲友团圆。这就难怪在老裴的葬礼上那个白胡子会笑了。

芭芭拉脸上挂着她一贯的和蔼笑容，迎接每一位来宾。当她在发言中回忆起母亲时，声音几次被悲伤的浪头哽住，说不下去。但她总是深深地吸上一口气，接着便讲起母亲活着时的某桩趣事，于是含着泪珠，发出欢快的笑声。

我向身边的同事打听，得知在洋人的葬礼上，笑，的确是司空见惯的现象，与中国人的葬礼截然不同。近年来提倡用乐观的态度对待生老病死，此风尤长。其实中国自古以来也有红白喜事之说，聊以自慰，只是不太适合老裴这样的英年早逝者罢了。

老裴的葬礼结束后不久，裴太太又给我打来电话，聊起了逝者的往事。没料到她说：“真可谓人算不如天算哪！他怎么也想不到，会死在我前头吧？”显然，她已脱离悲哀，恢复了平静。“…… 我俩性格不合，结婚那天，就闹开了，甚至当晚都没同房！”

“新婚之夜？有什么大不了的事呢？”我好奇地追问。

裴太太鼻子里哼了一声，说还不是因为丈夫家人实在太抠门儿。接着，她告诉我，前几天夜里，她梦见老裴了。见他手持一个信封，定定地瞅着她，却无言语。醒来后发了一会儿呆，她便去翻检老裴的遗物，果真在抽屉深处发现了一封信。真没想到，老裴前几年竟瞒着她，给养父寄过一笔数目不详的美元，帮其在乡下盖了一座二层小楼。第二天，她立即打电话给国内，托亲友联络，却发现老裴的养父已经过世，其子女继承了房产。

“他们说，老裴寄去的钱，只够建造其中两间屋子的。我说，不管怎么着，反正我得要回这两间屋的所有权！”

“难道你还真准备去那穷乡僻壤居住？”我问。此前裴太太已说起过她的未来计划，老裴的人寿保险金，够她花用几年的。满六十岁时，再卖掉房子，搬到气候宜人的温哥华，靠领老年福利金生活。

“我不住，可以卖掉呀，得些钱也行嘛！”

蓦地，我脑中掠过了老裴临终前瞪大的眸子。“你就算了吧！人家孝敬养父，也是应该的，老裴走在你前边，房子也留给你了，还何必去争夺人家亲属那点儿房产呢！”

“即便我不要，也可以拿来捐给希望工程啊！反正不能便宜了他们！”裴太太振振有词。我不知该对她说什么了。

为老裴作周年时，几个老乡在餐馆中再次聚首。席间，有人提起了黑衣女人，大家都说她那篇悼词写得好。又有人说，听说她和国内的丈夫离了婚，搬离小城，不知去何方落脚了。众人听了，皆沉默不语。

忽然，一位曾与老裴同在教会里担任义工的朋友，愣愣地冒出了一句：“老裴死得好！”

我看着他，有些愕然。没想到，接着又有几位点头附和的。再看裴太太，她早已收起了笑容，盯着面前的酒杯，一脸木然。

“你常常想念老裴吧？”我没话找话，想帮她摆脱尴尬。

“咋能不想？腰腿疼犯了，可再也没人为我按摩了…… 那天，我在林子里转悠呢，远远地，看见一个人走过去，侧面瞧，很像是老裴。我心里猛跳，可仔细看看 …… 咳！…… 站了好半天，我才回家。”

突然间，我对白胡子的笑，又有了更深一层的理解。我咧咧嘴，也想笑，眼角却沁出了一滴泪，凉凉的。

（发表于 2009 年 6 月湖南《文学界》）

7
小厍的推背图

“总得给后代留下一个理想的制度吧！否则他们何以为生呢？”小厍兴致勃勃，一口气说了十几分钟，最后下了结论。面前的绿茶都冷了，仍一口未动。

小厍与我一样，八十年代出国留学，今已年过半百，但叫习惯了，所以未改称呼。今天他专程来家里，给我展示他多年的研究成果。

洋洋洒洒几万字，浸透了这位工科博士半生的心血。看着摊在桌上的几十页纸，密密麻麻的文字、规规矩矩的表格，我避开顶头那行拗口的长标题，悄悄把它叫作“推背图”。概因小厍钻研那个古董由来已久，且无师自通，时不时就会发出些语惊四座的心得体会。

小厍夫妇毕业于国内一流名校，在加拿大著名企业任高管，多财富，无子女。衣食不愁，烟酒不沾，除了长年累月为社区做无私奉献之外，小厍唯一的嗜好，就是苦思冥想治国救民的良策。

“这是个折衷的方案。要维持稳定嘛，不能把老大拿下来。一拿，准乱，恐怕社会更加黑暗。”看到我眼神中的迷茫，小厍开始循循善诱，为我扫盲。

“不要多党，也行，一党也可以呀！但如何实行民主集中制呢？咱不搞竞选式的民主，咱搞淘汰式嘛！选下不选上，针对个人，不针对政党。官员呢，可以由上面任命，但是一届满了时，由下面投票，决定他能否续任。当然啦，这只是民主监督的过渡形式。”

奇人奇语。由衷地敬佩。我怀疑，这种忧国忧民之心，遗传自血液基因。“厍”姓古怪、稀有。听说，不知哪个朝代，这个家族的先祖在朝为官，得罪了圣上，本该砍头的。后蒙圣上开恩，赦免了死罪，但责令削去原来姓氏上的一点，赐以“赦”音，象征砍头，流放边疆。

不知道是哪辈子上，厍家离开西部，迁回了齐鲁大地。只知道小厍那位在高校任教的父亲，五十年代末期也曾因言获罪，丢过官职。

今年圣诞节假期，小厍夫妇回国探望父母。在居民大院的门口，他遇到了一个从越南战场退伍的老兵。老兵皮肤黄黑，胡子拉碴的，少了一条腿，每天蹬着一辆三轮板车，到门口的老槐树下摆摊，补鞋修锁。板车的后部，用塑料布架起了一个遮雨不挡风的小棚，挤挤攘攘的，前面塞着工具箱，后面堆了锅碗瓢盆被褥铺盖，似乎是老兵的全部家当和起居之处。

令小厍难以平静的，是小棚深处坐着的一个红衣女子。那女子比老兵年轻不少，大概二十岁出头，痴呆的面容毫无表情，捧着老兵递给她的盒饭，香甜地吃着。听说是老兵捡来的傻子，做了他的女人。

日出日落，由老兵来回带在身边，方便照料。

小库送去了一个旅行包、一个腰包。老兵修好了旅行包的提手，索价二元。腰包呢，他声称修不了。小库递给他五元，嘱咐不用找钱了。老兵一愣，随即说道，你把腰包拿来，我也给你修了吧。

原来，腰包虽小，修起来却很麻烦。尽管只要两元钱，可几乎所有人都要讨价还价，只肯支付一元。为此，老兵干脆就说修不了，也懒得费口舌了。小库的举动，是他从未见过的。

夜里落了雪，冷风一阵紧似一阵。家在高楼的六层，阳台外仍然安装了防盗的铁栏杆，监狱似的，看着就别扭。想起在寒风中哆嗦的老兵和他的傻女人，小库辗转难眠。母亲安慰他道："真的消灭了贫富差别的话，就无人修鞋修包了，你也别想在早餐时吃到煎饼油条豆腐脑了！"

第二天一早，小库又去了大门口。远远地见三轮车过来了，他慌忙把旅行包递给老兵，让他把另一只提手也加固一下，支付了五元。

"我琢磨了很久，才设想出这个好方子来。将来的人们，按照这个路子走，就可以限制人做坏事，而我们的使命，也就完成了。"

小库千叮咛万嘱咐，要我把他的"推背图"推荐给有关的政府部门，期望能对中华民族的千秋大业有所贡献。"这可是我的发明创造，注意，千万别走漏风声，让人盗用了！"

我不懂政治，更懒得阅读那些繁琐抽象的文字，因而无法判断，这是否真是一剂灵丹妙药，但至少明白，小库这篇论文，与耍两下花腔、逗个贫嘴的文字非在一个层次。灵感与构思，乃最为宝贵的，若是被人拿去骗名骗利，岂不晦气？

可是，推荐给谁呢？算了吧。整日忙着炒股、赛车、比高尔夫球艺，在网络上化了名污言秽语泄私愤呢，岂能指望那种人关心国计民生！来访的高级学者又如何？想起因我严词拒绝了某教授营私舞弊而遭受打击报复和暗中陷害的往事，也罢了。如今，洁身自好者屈指可数。可面对小库的一颗赤子之心，实在不忍拒绝。惶然之际，先生救了驾："依我看，你这个理论不成立，里面有大问题。"他是理科出身，思路与小库不同，爱挑毛病。"你只是画了一条直线，中间却有许多点没有填补。可难的恰恰就是填补这些点。仅是媒体的开放、媒体的职业操守问题，就无法解决啊。"

两人随即陷入了争论，且情绪激动，越争越热闹，几个小时过去了，谁也说服不了谁。见天色已晚，我只好打圆场："你们啊，都是脱离不了中国式的家长作风。……实际上呢，根本不必发愁，将来的人们会随着自然调节，找出生存之路的，用不着我们杞人忧天，提前设计。"

临走时，小库收起了他的"推背图"，答应回家再好好研究一番，重新修改了，再来找我。

改好之后，交给谁呢？我还在琢磨，先生就泼来了一头冷水："别瞎操心了！真没想到，这世上竟然有人比你还天真！"

（发表于 2013 年 12 月北美《世界日报》副刊）

8
姚家岭

（一）

暑假归国探亲，妈妈念叨了好几次，想和我一同重返姚家岭。那座长城外的小山村，离京城不远，仅二百余里路程，乘汽车去，数小时便可抵达。但三十多年来，我走过无数地方，那个几乎被世人遗忘的角落，我却再未回去过。

七十年代初，一个早春的日子里，我和妈妈背着简陋的行李，来到姚家岭落户。沿着弯曲的羊肠小道翻过山梁，脚下便是光秃贫瘠的山村。石头屋顶升起袅袅炊烟，黑衣老汉背着粪筐驱赶缓缓蠕动的羊群，柴门内的蓬头妇人扯着嗓门儿呼鸡唤狗，还有几个拖着鼻涕的孩子站在路中央，瞪大眼睛看着来人发呆。没有期盼中的鸟语花香，满眼只见落后与荒凉。

姚家岭仅有数十户人家，却安置了三个京城来的干部。妈妈和女老苗住进了车把式家中，男老白自己一人住进了碾房旁的村办公室。

我到十几里外的镇中学寄宿读书，每逢假日，便回山村。妈妈总会安排我每日到田里劳动半天，和他们一起接受贫下中农的改造。

我那年虽已满十四岁了，可身架瘦小，臂膀纤细，锄草割麦，挑粪挖土，都不及村里同龄的孩子泼辣能干。

妈妈是个要强的人，嫌我给她丢脸，一见我坐在地头喘息擦汗，便绷紧面孔偷偷瞪我。无人在旁时，还压低声音说："真没出息！怕吃苦，就别想当革命青年！"

我心里明白，妈妈自从背上"右派"分子的黑锅，这些年来，无论她怎样挣扎，怎样表现，也是难以翻身了，暗地里便将希望寄托于我。记得某日报纸上表彰一青年为救他人而献身车轮下，妈妈边看边感叹：唉，你若能像人家，也可给我争口气呀！

见我在农田里实在难以出人头地，妈妈便想出了新主意，让我在劳动之余，教村里的孩子们唱歌跳舞，宣传毛泽东思想。在姚家岭，这可是从未有过的新鲜事。这回她算找对了门。

从此每晚饭后，在碾房前那块巴掌大的平地上，歌声笑声就把全村大大小小二十几个孩子都吸引来了。大家燃起一盏油灯，在影影绰绰的灯光下，随着我翻跟头，拿大顶，下腰劈腿，连蹦带跳，煞是快活。

（二）

和我年纪相仿的几个十四五岁的姑娘，由于从小劳动之故，看着都比我健壮。

黄毛是村里支书的女儿，细眼睛，白皮肤，浅棕色的黄发，梳成两根长辫子，垂在腰间。她曾经在几里外的公社小学读过六年级，是村里文化水平最高的年轻人，加上她的稳重大方，因而很受几个北京干部的青睐。

那个叫“换儿”的女孩，黑红的圆脸，翘鼻子，身板儿结实得像小牛犊，干起活儿来很卖力，跟小伙子们不相上下。她虽然算不上漂亮，可性格开朗，心地善良，在地里劳动时，总顺手帮我一把，和我很快就成了好朋友。我奇怪她为什么会叫作“换儿”。原来，她前边已经有了两个姐姐，父母盼儿心切，就给她起了这样一个名字。

桃子在我眼里，是姚家岭最漂亮的姑娘，两颊酡红，一口整齐的白牙，水灵灵的眸子透着温顺，浓密油黑的头发在耳边扎成短刷子。她虽只读过一年书，认不了几个字，少言寡语，唱歌还走调，但内里可是个不服输的。翻起筋斗劈起腿来，不怕苦不叫疼，一遍遍反复练习。那天练空手翻时，她窄小的衣衫裹不住已发育的身体，裸露出一截雪白柔韧的腰肢来。围在旁边看热闹的半大小子们，就哈哈笑着拍掌起哄。

我打量着他们，悄悄猜测内中是否可有桃子的对象。山村习俗，女孩子大多早早就定亲，以便在年节时能够获得男家馈赠的礼物，如一块衣料、一方围巾之类，在那个年月里，可是稀罕东西呢！

人群中一个浓眉大眼、鼻直口方的男孩，吸引了我的目光。见他不似旁人般傻笑，面带几分矜持地盯着桃子，便认定是他了。

仔细观察，果然，趁人不留意时，桃子往那男孩身上扔了块石子，男孩佯作怒状追赶，二人似撒欢的小鹿，一前一后跑到碾房后的黑影里去了。纠缠了片刻，再返回时，眼中就都闪着些光亮。

然而打听之下，才知这个叫栓子的英俊少年，并非桃子的对象。

桃子是家中长女，下面有一串弟妹，父亲不知患的什么病，无法下地干活儿。因家中缺劳力，桃子六岁那年，家里便给她定下后山里一个二十多岁娶不起媳妇的穷汉。八年来，每到春耕夏收农忙季节，穷汉便要翻山越岭，来帮助桃子家收拾自留地里的庄稼，冬闲时，就赶一头瘦瘦的毛驴，顶风冒雪进山林砍柴，一趟趟驮回，供桃子家当柴烧。以无偿的劳动，顶替他支付不起的彩礼。

换儿指着裹在桃子身上的那件短小的枣红色灯芯绒上衣，说，那是她对象过年时去供销社给她扯回来的布做的，新的时候，可鲜亮哩！

（三）

我们住的车把式家，隔着一道土坎，就在桃子家院落的上方。

桃子爸瘦得只剩了一副骨头架子，从不出工，常年在家。偶尔可见到他身披夹袄，站在猪圈旁，勾着腰一阵阵痉挛地咳喘。桃子显然是家中主力，下工后，只见她屋里屋外，一刻不停地做着家务活儿。晚上匆匆收拾完一切，她总爱抽空和几个要好的女伴相约，到我们住的小屋来闲聊。

黄毛和换儿喜欢问我各种各样的问题。有的问题，我答不上来，就得向妈妈或是老苗求教。可是有的问题，连妈妈和老苗听了，也面面相觑，无以作答。

例如：“真不明白毛主席是咋想的，为啥我们农村人，就不能随便去城里工作？”“为啥我们农民一年到头累死累活，也挣不了几个钱，在城里当工人，就能吃得好穿得好？”

桃子只念过一年书，认不了多少字，也没有什么问题，总是静静地坐在炕沿上，不多言语，瞪着大眼看着我，妈妈，还有老苗的一举一动。

见我刷牙时她们盯着看，妈妈也送给她们每人一把牙刷。黄毛和换儿拿回去后，没用多久，就把一口牙刷得白白的。桃子却没坚持下来。桃子妈骂了她几回“学那洋毛病有啥用，不知道自己是啥命了”，桃子就不再刷牙了。

山村里，买卖婚姻是习以为常的。尖嘴猴腮的车把式，却有个十分秀气的媳妇，据说就是使了很多钱，从外村买来的。

妈妈听我讲述了桃子的包办婚姻后，下次桃子到我们屋里来玩，她就悄悄向桃子了解真情实况，得知桃子并不愿意嫁给后山那个连大字都不识一个的穷汉，妈妈就找到村支书，说：“桃子这么小，就给她定了个她不愿意嫁的丈夫，这是违反婚姻法呀！应当帮助桃子解除婚约才对！”

支书早年在张家口当过兵，是见过世面的人，并非不懂山外边的规矩。但他对妈妈的建议颇不以为然：“别造孽了！人家已经卖了八年苦力了，再熬上几年，等桃子满了十八，他就能娶上媳妇了，你这么一搅和，人家这八年的力，不就白出啦！”

妈妈觉得支书是讲歪理，跟他辩没用，就想找北京来的另两个干部商议怎么办。那晚吃过饭，妈妈就打发我去叫老白。

老白是上海人，原在北京做英文翻译，高鼻梁上架着近视镜，生得很斯文。平日出工，他常称有病，要求与老弱妇孺为伍，挑轻活干。在田头休息时，别人聚在一堆闲聊，他却背了日光，从兜中掏出一张卷了边儿的家人合照，盯着上面的妻子儿女发愣。

妈妈谈起老白时，语气里总透着一丝瞧不起的味道。可我对他倒有一种莫名的亲切感。

有天在搬砖头时，他见我很吃力，曾悄悄教我，应当把胳膊伸直：“叔叔也是才发现的，这样会不太累，不信你试试看！怎么样？我说的对吧？”

老白还懂得怎样讨孩子欢心。三个下放干部合伙做饭。轮到老白做饭时，他一边在灶坑前烧火，一边柔声细语地和正在里屋写日记的我聊天。

“你写过诗吗？啊，写过？有没有什么得意之作？能不能拿来给叔叔看看？”

看了，还要称赞上几句。这可是我从来没有在妈妈那里得到过的东西。所以，当老白说忙不过来，问我能不能帮他去一里外的井边挑水时，我便兴冲冲地去了，挑不动满桶，也晃晃悠悠挑回了大半桶。

老白正蹲在他的小屋门口，用洗完脸的水洗袜子。见我叫他开会，有些不情愿地跟了过来。

“桃子是贫农的女儿，我们应当帮助她争取幸福的婚姻。”妈妈振振有词地对老苗和老白说。

老苗是三人中的领导，原是中央某部的处长。平日总沉着脸，不苟言笑，大家都怯着她几分。只见她挠挠齐耳短发，沉默了片刻，双眉皱紧了：“不错，桃子是贫农的女儿，可她的未婚夫呢？本身就是贫农啊！让贫农娶不上媳妇，我们就犯立场错误了！”

妈妈听了她的话，不敢再坚持了。老白本来对此事就不热心，觉得妈妈是狗拿耗子多管闲事，连连点头赞同，此事便不了了之了。

（四）

村里的孩子们跟着我学会了几首革命歌曲后，妈妈就催促我们快点去为贫下中农服务。

那天晚饭后，我拿着妈妈的手电筒，领着几个女孩子，沿着羊肠小道，攀到山腰上老榆树下那座孤零零的破屋里，为福贵家唱歌。

羊肠小道上长满了扎人的酸枣刺，不见其他野果。黄毛告诉我，早年坡上的杏树长成了片，然而公社成立那年，砍掉了许多，如今只剩下后山坡上还有几棵。

听到我们的笑声，蹲在门口就着月光吃晚饭的福贵，慌忙将咬了半边的土豆放到碗里，在黑暗中摸索着点燃油灯，将我们引进屋内。

福贵面色黑黄，眼边烂得红红的，虽说才四十出头，看去却像五六十的人。他独自住在这长满了荆棘的半山腰上。实在是太穷，很大岁数了，才娶来一个下体瘫痪因而不要彩礼的哑巴姑娘做老婆。有人曾试图劝阻他，他却回答，我不嫌，只要能生孩子就行。

石屋低矮狭小，仅有一盘炕，一个灶，连只坐凳都没有。微弱的油灯光忽闪忽闪，照亮了半卧在炕角落的女人。

我惊讶地发现，女人很年轻，顶多只有二十岁吧。她面色苍白，瞳仁却很黑很亮。见我们进来，她目光中透出几分欣喜，拖着腹部隆起的沉重身体，艰难地在炕上挪动着，试图用扫帚清理出一块地方来，让我们坐下。

黄毛慌忙伸出手，阻止了她的努力。接着，黄毛麻利地搬开了地上几个破瓦罐，为我们辟出一块立足之处。

女人又口中哼哼着，向福贵打手势。于是福贵转身，从水缸中舀出一碗水，递到我面前。

我看着那只黑乎乎的碗，推说不渴，不去接。然而其他几个女孩子却立刻接过来，每人饮了一口。

福贵立在炕边，半张着嘴，挤出谦卑的笑容，听我们背诵了两段毛主席语录，唱完《敬爱的毛主席您是我们心中的红太阳》，又唱了一首《在北京的金山上》。

表演完毕，在瘫子女人依依不舍的目光注视下，我冲她摆摆手，转身和大家离去。刚迈出门，身后的油灯就被吹熄了，窗口复又一片黑暗。

（五）

过了一阵，上边忽然有精神传达下来，让下放干部带领村民搞“一打三反”，揪阶级敌人。

老苗让妈妈给她做助手。妈妈受到重用，积极性很高。那段时间，几个下放干部便不出工了，白天黑夜留在家中，轮番找村民谈话，希望能挖出个把阶级敌人来。

可姚家岭太小太穷，连个地主富农都没有，挖来挖去，不过都是些鸡毛蒜皮的琐事。有人怀疑车把式油头滑脑的，肯定贪污了公款，否则怎会有钱娶那么秀气的媳妇?

车把式就是房东。他们一家四口的屋子，与我们只隔着灶间，住在对面，抬头不见低头见。妈妈和老苗不好张口，就指派老白前去调查。

老白坐在炕沿上，拿出笔记本，认认真真地准备记录。可那个媳妇盘着腿坐在炕上飞针走线，连眼皮都不抬，口口声声咬定了“俺家那位没使钱儿”。

老白回来，如实回复了老苗，大家无计可施，也只得作罢。

又有人来揭发说，住在村头的老羊倌，要娶邻村一个地主的老寡妇。老苗便派妈妈去调查。

妈妈关心地告诉老羊倌，大家担心你娶了这个地主寡妇，会混淆阶级阵线，还怕她拉你下水。

老羊倌叹气，说，我都六十多岁了，连个女人都没摸过，这辈子死了也冤哪！干一天活儿，只想晚上有人给做个饭，烧个热炕。我不嫌她，我是贫农，可以改造她嘛！再说，她成分不好，她的两个儿子，都三十多了，也娶不上媳妇，没人肯嫁给他们呀！她要是跟了我，她那两个儿子也可以改改家庭出身了！老秦啊，你们就别拦着我了。

老苗听了妈妈的汇报，仍觉不妥，便亲自出马，继续力劝老羊倌放弃这桩婚事。道理讲了一箩筐，老羊倌不语，只是摇头，流泪。

没过多久，便听说那个地主的老寡妇，带着两个儿子，嫁到了人烟稀少的深山沟，一个叫九里梁的地方，给一个更穷的人当老婆去了。

九里梁山高林密，道路崎岖，姚家岭的人提起那个地方，就觉得自己似乎是城里人了。因为只有在冬季砍柴时，姚家岭的人，才会赶着毛驴到那里去。

忙活了几个月，老苗和妈妈看着整理出来的一堆记录，觉得没法跟上边交待，直叹气。

（六）

然而，有一天，在和几个村民闲聊时，妈妈终于发现了一件够分量的事情。

原来，村里的民兵连长在六〇年灾荒时期，趁着人们都饿肚子，利用他手中掌握的救济粮，勾引了年轻漂亮的栓子妈，多年来一直霸占着她。

栓子爸是富裕中农，听说原来满坡的杏树都是他家的果园，在村里算是阶级成分最坏的。这些年来，他媳妇被人家睡着，撇下两个孩子在家，他自己又当爹又当妈，心里能不委屈吗？可他畏惧民兵连长的跋扈，也只得把什么都忍了。

民兵连长是个脸膛黑红、人高马大的粗壮汉子，干活很卖力，只是说起下流话来肆无忌惮。有次他领着我们几个女孩在后山坡上拾杏核，故意绘声绘色地讲起了“荤腥”事情。听的女孩们都臊红了脸，抬不起头，他却乘势伸手摸着桃子露出的腰肢，笑着说，该让你对象给你扯件新褂子啦！

民兵连长可是贫农出身。老苗和妈妈商量了半天，觉得这个案子处理起来比较棘手。

“毛主席在《湖南农民运动考察报告》中，点得很清楚，没有贫农，就没有革命，若打击他们，便是打击革命。怎么办呢？谁是我们的敌人，谁是我们的朋友，这个问题是革命的首要问题。我们可别站错了阶级队伍啊！”老苗皱着眉头，咬着笔杆，颇为犯愁。

妈妈眼睛一转，接口道：“毛主席在《中国社会各阶级的分析》那篇文章里，也点得很清楚，小资产阶级、中农，是我们最接近的朋友，是革命的团结对象。”

“可是栓子他爸是富裕中农啊！”老苗争辩说，“富裕中农算不算小资产阶级呢？毛主席可没说清楚。”

莫衷一是。最后，她们决定先和民兵连长谈谈，力图找到一个合理的解决方案。

下午收工后，她们把民兵连长叫到屋里，劝说他，把栓子妈还给栓子爸。

那马脸汉子被激怒了，红脸上的肉抽搐着，眼睛瞪得如驴脖子上拴着的铜铃铛，大巴掌拍着炕沿，吼道："好哇，老苗，老秦，毛主席派你们到姚家岭，是干啥来了？整天给你们大米白面地吃着，你们不帮着俺贫农，反倒帮着富裕中农，想让俺打光棍！没有王法啦？你们再逼俺，俺今黑就不走了，住在这屋里，跟你们一起吃大米白面！"闹着闹着，索性翻身上炕，四仰八叉躺在那儿喘上粗气了。

妈妈和老苗被这阵势吓住了，手忙脚乱，束手无策。

我一直躲在灶间，扒在门缝上偷看，也惊得心口怦怦乱跳。

这民兵连长虽是村里一霸，其实也很穷，否则就不会靠救济粮去勾引别人的媳妇了。

在这贫瘠的山区，我们这些外来户能吃上国家供应的白面馒头，当然让人眼红。风言风语的，我们也听到了一些村民在背后说的顺口溜："穿得破，吃得好，腕上戴个大手表，发了工资就往城里跑。"

村民们一年到头见不到现钱，全靠媳妇在家养鸡下蛋，换个油盐。我从学校回到村里时，妈妈看我又瘦又小，有心为我增加点营养，可是犹豫了半天，为了避免造成恶劣影响，最终还是没敢买房东家老母鸡下的蛋。

眼下民兵连长就躺在炕上，妈妈和老苗对付不了这种复杂的局面，只好去搬救兵。支书赶来，好说歹劝才解了围，天黑时，终于将那怒气尚未全消的汉子拉扯走。

大家被折腾得精疲力竭才上炕躺下。黑暗中，我听见妈妈在叹气：“唉，让咱们向贫下中农学习呢，可你看看，咱们向这种人学什么？”

老苗不做声，好一会儿，才从炕那头传来她冷静的声音：“别忘了，老秦，贫下中农的主流是好的，不能只盯着他们的支流瞧。”

妈妈慌忙改口：“对啊，我们是应当瞧主流，毛主席批评知识分子时，就是这样说的……还是你水平高，看问题比我深刻。”

（七）

麦收后，清理阶级队伍的工作终于结束了。老苗到县里开总结汇报大会去了。老白趁机返回北京，与家人团聚两日。

那夜，我躺在炕上睡得正沉，忽然听到一片嘈杂声，有人在急切地拍打窗棂，拍得窗纸啪啪响，并一声声呼唤着妈妈：“老秦，老秦……她…… 她见红了……”

迷糊之中，觉着身边的妈妈在跟窗外的人说话，随后又急匆匆地披衣起身，开门出去了。

待我醒来时，天色已大亮，走出屋外，村里静悄悄的，坡上坡下除了几只狗，不见一个人影。正在纳闷，忽然见远处山梁上的羊肠小道上走过来一个身影。走近了，定睛细看，却是换儿。

“你咋没去？”走近了，她大声问道。

原来昨天半夜里，福贵的瘫子女人临盆了。妈妈被福贵唤醒后，立刻随着支书和几个村民，用临时扎的担架，抬上产妇就往八里路外的公社卫生站跑。随后，很多村民也陆陆续续跟去帮忙了。

在医疗所值夜班的苏大夫，和妈妈一样，也是从北京下放来的。“苏大夫这人真好！”换儿一面夸他，一面绘声绘色地描述。“那瘫子从来就没洗过澡，下身一露出来，又脏又臭，全是结的硬痂，让人不敢看！可是人家苏大夫连眉都没皱一下，亲手为她清洗消毒。可是她难产，折腾了半天，生不下来。后来苏大夫就问福贵，是保大人还是保孩子。福贵说，他要孩子。”

听到此，我浑身打了个冷颤。瘫子女人可怜无助的黑眸子，在我眼前一闪。

当苏大夫想方设法，终于用产钳将那个块头不小的男婴夹出时，发现婴儿由于窒息，面色青紫，已无呼吸。苏大夫毫不迟疑地用嘴对着婴儿做人工呼吸，一口口将婴儿口中羊水吸出。围观的人都十分感动。到天亮时，看样子大人和孩子都算是保住了。

换儿说：“昨晚抬担架，我和黄毛、桃子，一直和几个男的轮换着抬，熬了一夜，我实在顶不住，就先回来了。你妈和他们大伙儿还守在公社卫生站呢！”

我松了一口气，心里替福贵和他的瘫子女人高兴。

然而我高兴得太早了。日头偏西时，羊肠小道上出现了一队人影，缓慢地移动着走下山梁。妈妈和村里人拖着沉重的脚步，抬回了产妇和婴儿的尸体，他们终究没能躲过死神的召唤。

第二天傍晚，我跟着几个女孩子，再次攀上山腰那座石头屋子，和村民们一起为死者送葬。

暮色中，福贵像条木桩，垂头站在屋前老榆树的阴影下。原本呆滞的面容，一如既往地呆滞着，似乎对生活的艰辛已习以为常，并未因这一沉重打击而生出什么新的变故来。

（八）

秋雨绵绵，把正待收割的高粱打得透湿。黄毛带领村里十几个青少年，组成了突击队。于是，接连数天，每日傍晚匆匆吃过晚饭，我便返回田间，和突击队一起继续收割庄稼。

虽然雨水湿透了衣裳，手掌被镰刀磨出了血泡，可是年轻人在一起干活，又是说笑，又是比赛，间或相互追逐着打闹一番，似乎谁都不觉得累，反而兴奋异常。

大家总爱拿栓子和桃子二人取笑。他二人也从不恼。我心中不免生出遐想，盼着“小二黑结婚”的喜剧，能在这小山村重演。

老苗原本总听妈妈指责我不求上进，常从眼角看我。这几天见我早出晚归，废寝忘食，对我的态度就比以前温和了许多。那天她主动和我商量，能否为村民举办一次文艺表演，庆祝秋收胜利结束。在妈妈关切的目光注视下，我欣然点头。

于是，我抓紧时间，为小孩子们准备了几首合唱歌曲，又和几个大姑娘排练了两个舞蹈，一个是《唱得幸福落满坡》，歌颂社会主义新农村；一个是《万泉河水清又清》，不忘革命老传统。

演出那晚，天一黑，碾房外矮矮的土台上便点燃了一盏耀眼的汽灯。全村老老少少一百多口人都来了，兴致勃勃挤满了那一小片空地，有人爬上了房顶，或是骑到树杈上，从上往下看。

我们都描了黑眉，抹了红脸，等支书和老苗讲完话，就准备出场了。忽然，观众中有人嚷嚷道，等等，再等一会儿！

抬头望去，只见远处的山梁上，有三三两两十几簇火把，正往山脚下移动。没想到这么简单的表演，在这乡间竟成了如此罕见的盛事，招得深山里人家翻山越岭来观看。

我忽然想起了桃子的未婚夫，那个大字不识一个的老实农民。不知消息是否也传到了他居住的山沟里？他会赶来看桃子的表演吗？

刚想问桃子，回头却见她满脸紧张兴奋的神色，咧了嘴盯着台前笑呢，顺着她眼神望过去，见栓子立在人堆里，忽闪着一对大眼，也直直地瞅着她！怕扫了她兴致，我便没开口。

晚会结束时，汽灯熄灭了，露出满天星斗。观众都散尽了，几个姑娘却仍不想离开，在土台前围着我，不厌其烦地回顾着刚才表演时的每一个细微末节，笑个没完。

桃子今天翻筋斗时，可能是太紧张，失手摔了一跤，蹭了一裤子土，观众都哄笑起来。我怕她心里难过，连连安慰她，她却丝毫不介意，捧着肚子笑弯了腰。

我说，你们今天打扮起来，在汽灯下一照，可比平日漂亮多了！

要是有个照相机就好了，给大家按照跳舞时的样子留个影，多棒啊！

姑娘们听了，先是兴奋地睁大了眼睛，连声叫，是啊，这主意太好啦，怎么过去都没想到呢！接下来，却又犯了愁，钱呢？

星光下，大家眨巴着眼睛，商量来，商量去，最后终于决定，无论如何，都要想办法凑钱，到镇上的照相馆来张合影。

（九）

假期结束后，我回到镇上的学校，很快便忘了此事。

一个多月后，忽然有人来找我。拉开宿舍门，却见黄毛、换儿和另外一个女孩，打扮得整整齐齐地立在门外，腼腆地笑着。她们走了十几里路，一定累了，我让她们进来，她们却不肯，不知是否羞于见到宿舍里其他中学生。

她们都穿上了平时下地干活舍不得穿的好衣服，黑灯芯绒衣裤，白线袜，青布鞋。还照舞蹈中扮相，在颈子上系了条雪白的毛巾，脑后背了顶麦秸编的新草帽。此外，每人胳膊上都挎了只藤条编的篮子，有的盛着十几只鸡蛋，有的盛着半篮蒙了层白霜的红绿相间的沙果。

我猛然想起了大家的约定。桃子呢？她怎么没来？

换儿说："今早出门时，她妈把她拦下了，说，家里那几个鸡蛋，还要留着换盐呢！别老想着照相那些个疯子事儿，再照，也得嫁到后山去！"

我心里一阵难过："她就不能退了婚，跟栓子好嘛！"

“那咋行？人家要是让她赔这八年的工钱，还有衣裳钱，她家哪能赔得起？”

大家一路说着，便去镇上供销社将鸡蛋和沙果卖了，换成钱，然后小心翼翼走入街中央那家有着明晃晃大玻璃橱窗的照相馆，仔细问了价，比了又比，最后凑了一元一角多，选了张二寸见方的黑白照，还能加印三张。

天气已经凉了，可是摆姿势时，每个人额头上都渗出了细密的汗珠。大家屏住呼吸，手捧红宝书，有蹲有站，伸胳膊拉腿的，按照事先早已商量好的，摆出在台上亮相的舞姿来。镁光灯闪过，才松了口气，齐齐笑出声来。

临走，我们叮嘱摄影师，要在照片上方题一句当时最流行的口号：广阔天地炼红心。

（十）

然而，从此以后，我却再也没见过这些山村伙伴了。那年冬天，妈妈和老苗、老白，被转派到九里梁，那个躲在深山密林里的小村庄。

学校放寒假的时候，我去九里梁看望妈妈。他们的新居，在半山腰上一间四面透风的石头房子里，与姚家岭福贵那个寒酸的家不相上下。

村里的十几户人家，散布在沟里和坡上。我想起了老羊倌想娶却没娶成的地主寡妇，据说她嫁到了这里一户更穷的人家，便向妈妈打听她的下落。

妈妈叹了口气，告诉我，那个寡妇也很不幸。去年来这里时，因年老体弱，又是小脚，走不动路，坐在毛驴上颠簸了一整天，一进村就病倒了，没过几天，竟然离世了。

我听了，心里很替老羊倌感到遗憾。我又想起了姚家岭那几个女伴，便想趁着假期，去看看她们。

“唉，算了，不要去了！”妈妈正在用旧报纸糊窗户，摇摇头，“你去了，找谁呢？”

原来，那年深秋，黄毛被老苗推荐，到县里上青年干部培训班去了。与此同时，村里又出了件事。刚满十五岁的桃子，竟被民兵连长那个无赖糟蹋了！

出事前几天，支书派他带几个人去后沟砍酸枣棵子，搬石头，维修大寨田。他挑选了桃子，还有几个半大孩子跟随。有天歇晌时，他把几个孩子支走，便在四面无人的荒山沟里下了手。

桃子爸那个病秧子，根本无力去跟那个恶棍斗。老苗和妈妈气愤不平，要求支书召开全村大会，发动群众讨论，该怎样处理这个罪犯。然而，会上竟无人肯发言讲话。临了，不知是谁压低嗓音咕哝了一句，把狗日的巴割掉算了。老白正在做记录，抬起头来，认真地问：“把什么割了？”引来一片哄笑。

会后，老苗说，应当把他送到县里，绳之以法。但支书等人不同意。他们说，山沟里有山沟的规矩，你们这些北京来的干部，在这里能待多久？你们现在胡整瞎闹，将来有一天抬屁股走了，惹下一堆麻烦，还不得我们来收拾？

妈妈和老苗束手无策。这时恰巧上边来了命令，调他们三人去更为偏僻的九里梁接受锻炼。九里梁的十余户人家，全村连一个识字的人都找不到，有很多艰巨工作等待他们开展呢！

正说着，窗外飘进来一阵悠扬的男高音的歌声。我听了一会儿，虽然听不懂唱词，却被那美妙的旋律吸引住了。

“这是谁在唱？什么歌，这么好听？”

妈妈停下了手里的活儿，怔怔地立在窗前，专心地聆听着歌声，目光中出现了我久已不见的惆怅和向往。

“这叫《夏天里最后一朵玫瑰》，是英文歌曲…… 几十年了，没再听到过这首歌……”

我打断了她：“是白叔叔吧？他怎么了？”

妈妈收回了游离的目光。她告诉我，老白自从来到九里梁，就变得神经兮兮的，没事就在他的小屋里大声唱英文歌曲，招来几个孩子躲在门外你推我搡地看西洋景。

不知从何时起，老白还养成了一个怪毛病，爱到村妇家中的酸萝卜缸中，讨一碗发着霉味儿的腌菜水，蹲在门槛上一边品咂，一边望着山脚下的小路摇头叹息。

“像他这种样子，自己还管不好，怎么能指望他去帮助教育村里的贫苦农民？”妈妈摇头。

我还没忘刚才的话题，仍在为桃子的命运伤心。我脑中浮现出那个灯火幢幢的春夜，桃子翻筋斗时露出的雪白柔韧的腰肢，还有两只顽皮的小鹿躲进暗处打闹的温馨场面。“妈妈，你知道栓子怎么样啦？他还爱桃子吗？他会不会去为桃子做点什么？”

妈妈斜了我一眼，嗔怪道：“你脑子里整天想的都是什么？有时间了，多读读报纸上的社论，免得说错话，犯错误！”

（十一）

事隔多年，姚家岭在我的记忆中，已如一幅淡淡的山水画，只留下了一些模糊的线条和轮廓。尽管妈妈提过几次，想一起重返故地，可我已极不适应北京盛夏逐年增长的高温，懒得出门，此事便被搁置下来。

偏偏世上事，是无巧不成书的。那天我外出购物，回程中坐上了一辆出租车。和司机闲扯时，觉得他的口音似曾相识。打听之下，得知他家所在村子竟与姚家岭同属一个公社。再问下去，我差点要不相信自己的耳朵了！京城里出租车司机成千上万，可我碰上的这个二十多岁的年轻人，竟然是黄毛的堂侄。我在姚家岭时，黄毛还是个清秀的小姑娘。司机说，他姑姑早在多年前就被提升到县里当干部了。

下车时，我给司机留下了电话号码，说，告诉你姑姑，如果她还记得我，就打电话来。

回家后，我心里一直忐忑不安，疑惑是有神明在安排，一定要敦促我回一趟姚家岭不可呢。果然，晚饭时分，黄毛的手机就打进来了。我和妈妈与她短暂地聊了几句。原来她正在深圳进修学习。她希望我们能等她回来，她带我们一起去姚家岭。

可我返回加拿大的机票已定，无法再等了。于是，那个周末，我和妈妈终于实现了重返故地的愿望。

当年在那里的三个北京干部，老白患精神病多年，已不在人世。妈妈找到了老苗，和我们同往，黄毛的堂侄为我们开车。

翻越长城，继续往北走，约莫一小时后，路边就出现了熟悉的村庄和山脉。公路两旁一抱粗的老柳树，似乎仍是四五十年前公社成立时栽种的，所幸没有遭到砍伐，如今已浓荫重重，遮天蔽地。当年通往姚家岭的那条被山洪冲出的羊肠小道，却已变成一条能行驶汽车的土路，直接修进了村里。

司机说，七十年代，下放干部们离开后不久，就从北京来了几个知识青年。后来，知青中的一个，回城当了干部，却没忘记那里的乡亲，特地利用手中便利条件，拨款十五万元，为村里打了一眼自来水井，修了一条汽车路。

到了村口，我陪着妈妈和老苗下了车。环顾四周，如今的姚家岭，几乎看不出当年的格局和模样了。山坡上长着一片绿油油的果树，遮盖了光秃裸露的土地。然而村里盖了许多新房，柴扉篱笆，已变为土坯砖墙，把各家的院落都挡得严严实实，密不透风。

我们走在静静的村街上，慢慢地寻找，细细地辨认。当年那间狭小的村办公室，如今变成了一座镶着明亮大玻璃窗的红砖房，与碾房、小学教室合成了一个院落。我们曾经表演过革命舞蹈的那个矮矮的土台，已经不见了踪迹。我们住过的车把式家，如今满院荒芜，门上挂着一把生锈的铁锁。

路上几无行人。碰见了三两个抱着孩子的妇女，大家相互看看，却犹疑着不敢打招呼。也难怪，妈妈和老苗都是满头白发、年逾古稀的老者了，我也早已从当年那个豆蔻年华的苗条少女，变成了身材已显露臃肿的中年妇人。

这时，大概是听到了风声，一家大门开了，站出来一个中年妇女。她肤色黑红，身穿短袖花上衣，裤腿上沾满泥点，叉开双手，好奇地伸长脖子，往我们这边打量。

我看她有些面熟，便趋上前去，和她打招呼。当她问我找谁时，我未加思索，脱口而出道："我找换儿。"

中年妇女愣住了："换儿？我就是呀！你是谁呢？"

我上前两步，握住她沾着草屑的双手，激动地喊道："怎么，换儿，我真老得认不出来了吗？"

换儿上上下下把我打量了一会儿，终于记起来了："哎呀，真的是你呀！你也没穿高跟儿鞋啊，怎么变得又高又胖了呢？"

看她笑得眼角溢出了泪花，频频用手背擦抹，我连忙拉她去见妈妈和老苗。这时，她们俩已经碰到了原来的老支书，黄毛的父亲，谈得正热闹。

老支书已快八十了，记忆力还很好，说，如今的党支部，已经不管事了，村民们都各自为政，发家致富呢。青壮年大部分都跑到县城和北京去了，有的搞建筑，有的搞装修，有的开出租，有的当保姆，留下来的，都是些老年人和小孩子了。

老支书带着我们，走进了几户人家的院子。今非昔比，我算是开了眼。城里人拥有的那些电视、冰箱、电话等等，这里也能见到，有些人家还在地上铺了花花绿绿的瓷砖，拆了土炕，摆着席梦思床。日近正午，老支书和换儿争着拉我们去家中吃饭。为了满足各自的心愿，妈妈和老苗去了老支书家，我则跟随换儿，去了她家。

（十二）

迈进换儿家大门，就见院子里站着一个矮小干瘦的老头儿，正在从麻袋里往地上倒土豆。我猜想，这应当是她的老伴儿。接着，猛然记起，村里的姑娘们，都嫁到外面去了，换儿怎么会留下来？难道她嫁给了本村的小伙子？是谁呢？我认识吗？

“你看看，谁来了！”换儿走过去，拍打着老头儿肩上的尘土，笑嘻嘻说道。

老头儿缓慢地抬起了伸不太直的腰杆。黑瘦的面颊，布满密密的皱纹，呆滞的目光看着我，张了张嘴，却未出声。

我心里一慌，脑中蓦地闪过福贵的影子。“你，你是……”我不敢问下去了。

“他是栓子啊，你不认识啦？”换儿笑了。

栓子！我又是一震。面前这个衰老的面容和身躯，怎么会是当年那个明眸皓齿、全村最英俊的小伙子？我睁大了双眼，在那张木然的脸上仔细搜索着，似乎捕捉到了一些似是而非的痕迹。我脑子里又闪过了桃子翻筋斗的矫健身影。想问什么，却终于憋住了。

“你想吃啥？我给你做！”换儿和当年一样爽快。

我不想给她添麻烦。见她家屋檐下垂挂着一穗穗干玉米，一串串红辣椒，便说：“玉米面儿糊糊，腌酸萝卜条儿！”

“你怎么还是爱吃那些乡下饭食？”换儿问，接着提起了当年曾从家中咸菜缸里偷偷给我捞酸萝卜条吃的往事。

栓子蹲在灶前，默默地拉风箱，添柴烧火。换儿一边手脚麻利地在大铁锅里做西葫芦丝摊饼，一边说，她是村里唯一留下来的女孩子，和栓子结婚后，住进了他家。栓子爸孤身一人多年，心情郁闷，早已去世了。他们俩把老房子翻盖了一下，这些年与人合着承包了坡上的果园，又种了十几亩地，虽然辛苦，但两个人没黑没夜地苦干下来，一年也能有两万元收入，还供养两个儿子在北京读上了大学。

谈起这些年世事的变迁，换儿还像当年一样快人快语：“现在的日子，可比从前好过多了！过去把富农的地都分给了穷人，结果呢，是大家一起穷。现在把地又分给各家了，结果呢，不好好劳动的，还得受穷。”

我禁不住笑出了声。想了一下，我又问：“过去，难道就没有什么值得留恋的地方吗？”

换儿支吾着，似乎答不上来。栓子猛拉了两下风箱，眼睛看着闪亮的火苗，不动声色地开了口：“那时候，大家一起劳动，热闹。现在嘛，人人都各顾各了，有些冷清。”

说完他便闭上嘴，不再说什么了。我注意到，他的表情，自始至终都很漠然，似乎并未显露出我所期待的激动和喜悦。

话语间，我在堂屋墙上挂着的玻璃相框里，一眼看见了一张熟悉的照片。那是我们当年在镇上的照相馆里留下的青春的影子。凑近了细瞧，照片早已发黄，边缘也裂了许多碎纹。但是，“广阔天地炼红心”那几个字，却依然清晰可辨。泪水模糊了我的视线。

换儿将饭菜摆上了桌子。玉米面儿粥，摊煎饼，葱花炒鸡蛋，凉拌黄瓜，香油拌咸菜丝，十分可口的农家饭。我们三人边吃，边议论起村中人事。

打了一辈子光棍、无儿无女的老羊倌，已过世多年。精明能干的车把式，早就发财了，带着一家人搬到县城，住进楼房，当城里人去了。

我小心翼翼地提到了桃子。换儿说，磨了几年，最后还是嫁到后山去了。可是，桃子命不好，男人好几年前眼就瞎了，全靠桃子侍候着。

我悄悄瞥了一眼栓子。他拿筷子的手似乎抖了一下，但眼睛注视着碗中的饭菜，一语不发。

“她家里有电话吗？”我问。

“没有，”换儿答道，“后山只有两户，还隔得挺远，就没拉电话线。”

我憋了又憋，终于又提起了一个人。“那个民兵连长呢？还活着吗？”

“他呀，住到县城他闺女家去了，不太出门，听人说，也老得不像样了。”

他闺女？我搜索着记忆，终于想起，那时的民兵连长，虽没有结婚，却霸占着栓子的妈。当年在姚家岭时，我从来没有碰到过那个神秘的女人。民兵连长的闺女，是栓子妈生的吗？如今，民兵连长还跟栓子妈在一起吗？当然，我实在不忍把这些令人伤心的疑问端到桌面上来。

（十三）

在换儿家吃了饭，夫妇二人陪我去坡上的老支书家，寻找妈妈和老苗二人。走在村街上，迎面碰上了一个腰弯成九十度，拄着一根木棍，在路上蹒跚移动的老人。

我停住了脚步，等待他过来，希望能认出又一个旧日相识。

老人到了我们面前，依旧弯着腰，但慢慢抬起了头。他浑浊的目光看了我一会儿，就咧开一张没牙的嘴，冲我笑了。从那谦卑的笑容中，我触摸到了一丝熟悉的东西。没错儿，是福贵，三十多年了，除了更加衰老，他的神态竟没有什么变化。

我盯着他，感慨万千，一时间语塞。那个手拿秃毛扫帚，在炕上吃力挪动的沉重身体，那双在油灯微弱的光焰下闪着企盼亮光的黑眼睛，在我眼前一明一灭，恍如隔世。

我抬起头，想在远处的山腰上，寻找那座老榆树下孤独的石屋，视线却被山坡上一片浓密的杏林遮住，什么也看不到。

换儿告诉我，福贵太老了，干不动活儿，已经搬下山来，成了村里的五保户。村里每月给他八十元钱，够他买粮食吃了。他自己在院子里种些瓜菜，也能对付着过日子。

“福贵！”我大声地问他，“你还认识我吗？”

没想到，福贵竟然笑着点头：“啊，老秦，你回来啦……”

一阵颤栗传遍我全身。“我，是老秦的闺女，还到你家唱过歌呢！记得吗？”

他又一笑，乱点头。“记得，咋不记得……老秦呢？她好吗？”

我忍住眼泪，尽量避开突然间在记忆里鲜活起来的重重往事，和他东拉西扯，聊着眼下的生活。

福贵站久了，腰弯得更厉害，扶着棍子的手，不停地哆嗦。

“我们这儿的人，在地里干一辈子农活，老了以后都直不起腰来。”换儿叹着气。

我低头掏出钱夹，数了数，里面仅剩了四百元，心里懊悔出门时忘记多带上些。我拿出二百，递到福贵手中。“买些好吃的东西吧！”又把剩下的二百，强塞入换儿手中：“给孩子买书用。”

因为当天还要赶回北京，来不及去后山看桃子了，心里很是遗憾。车子出了村口，还看见乡亲们三三两两站在沟梁坡坎上，依依不舍地望着我们。面对这些在艰难岁月中挣扎过，在宽容和谅解中活下来的淳朴的人们，想起早已离开人世，没能看到今天的可怜的瘫子女人，栓子爸，老羊倌，我心中生出了无限惆怅。

车子拐弯时，颠簸了一下。这时，我突然发现远处乱石嶙峋的山脊上，出现了一个穿红色衣服的女人，正使劲地朝这边挥手。看不清眉眼，但看到她身后的层峦叠嶂，便猜想那一定是桃子，也许她刚刚得知我们到来的消息，翻山越岭，匆匆赶来，却迟了一步。

上了公路后，汽车加快了速度。车中的人都沉默着，依然在回味这次旅行所带来的无穷感慨。

车轮沙沙响，碾压着我纷乱的思绪。我合上眼，脑中晃动起那些逝去已久的青春的影子。坡上那片浓密的杏树林，渐渐地开满了白花，漫山遍野，与天地连成了一片。

（发表于 2002 年 2 月北美《世界日报》小说版）

9
忘 年

（时间追溯到1986年，我尚在北京，曾接到辗转数人递到我手中的一份材料。那是一个勇敢的男人只身走上黄河源头漂流探险的手记。朋友请我帮忙写成英文报道，在《中国日报》上发表。由于忙碌，这份手记一直被搁置在抽屉中，未顾及与作者联络，不久我便离乡去国。十年后一个绿瘦红肥的秋日，在加拿大东部一座如诗似画的果园里，偶然读到了他的几部著作，深深震撼之余，才意识到与一个也许是当代中国最优秀的人失之交臂的遗憾。然而，接下来的岁月里，我与果园女主人之间的友谊，使我领悟到一场更加令人慨叹的情怀。）

他早已过了五十大关。身边的女人，一个个都已离去。他不结婚，谁肯总等着他？本来说过的，五十岁结婚。可时至今日，他依旧单枪匹马，孑然一身，似盘旋于天际孤独的雄鹰，在青藏高原的雪山云雾、冰川峡谷间，若有若无，时隐时现。

提到他的名字，笑容凝固在你风韵犹存的眉间。依旧动人的眸子里，泛起层层涟漪，深邃复杂，亘古不散。

你一定又想起了二十年前的青海湖畔。悠扬的牧歌，清脆的响鞭，摄影组栖身的毡房，牛粪火半明半暗的光焰，还有伏在你怀中酣睡的英俊的脸。

你敏感的指尖，理顺他浓密的乱发，温柔地轻抚他结实的肩。火塘中袅袅青烟，无声地遮蔽着夜的眼。辗转难眠，你可曾在心底感叹，为什么要比他早来世上十年？

你那时才四十挂零，似深秋原野，层林尽染，展示着凋谢前最后的璀璨。

你从来活得潇洒，自然不会囿于世俗偏见。与生俱来的坎坷，早已练就了你的勇敢。你刚学会唱歌，父亲的影子，就在你的歌声中，消逝在海峡彼岸。母亲因文字狱身陷囹圄，是你将病重的妹妹送往黄泉。自从你出落为风姿绰约的少女，不管你是否情愿，你脱俗的美丽，你的真诚坦率，你的卓越才干，常把你推到人生舞台的聚光灯下，接受世人七嘴八舌的评判。

崇尚浪漫与自由的灵魂，实在不该钻入婚姻的火圈。那些为普通人坦然接受的种种平庸，在你，却是一次次灾难。而你的失望与抗争，又使你陷入更为难堪的处境。在那块文化古老得锈蚀斑斑的土地上，你曾遭大人或小人们欺凌。但在了解你的朋友眼中，你却是这个世上至诚、至真、至善的女性。

夜幕笼罩的火塘边，你踌躇着。他灵性的光芒，使你经历的种种诱惑，黯然失色。可你蹚过的一道道泥沙俱下的江河，对怀中跳跃着青春脉搏的男子来说，是否过于曲折，过于艰涩？

于是，在那深情目光的注视下，你选择了骄傲的退缩，眼睁睁看着这束交汇时互放的光亮，如雨后彩虹，从你张开的指缝间漏过，怅然回首，告别那片点缀着野花的高原湖泊。

接下来的岁月里，你无奈地打量着环绕在他身边的一个又一个出色或不出色、才华横溢或平庸普通、年轻或已不年轻的竞争者，如触目惊心的探照灯，划过你心头那片神圣的领空，轮番扫射。

不知你有否认真思索，对这场迟到的情怀，为什么如此投入，如此执着？他果真有别于那些假风流真下贱、在你周遭喧嚣着如千帆竞过的追求者？

不，你急切地争辩说，他绝非玩世不恭。他对每一段爱，付出的都是真情。那个天真活泼如邻家小妹的大学生，那个被高原日光晒红了颧骨的藏族母亲，那个在边陲小县简陋的旅社里寡居的洗衣女工，不过展示了他对母爱的渴望，对弱者的同情，还有他善良的天性。

像荒野里餐风宿露的苦行僧，像夜空中熠熠发光的启明星，他沉默寡言，却魅力无穷。

人烟稀少的毛儿盖草原上，徜徉着他孤独的身影。他踩着先辈走过的沼泽地，踏入喇嘛寺残破的石墙，聆听酥油灯下嗡嗡的颂经声，苦苦寻觅已经消逝了踪迹，却时时牵扯着他的那个遥远的梦。

当夕阳斜照，他躺在万籁俱寂的黄河源头，仰望翱翔在云端的苍鹰，他是否回想起儿时记忆中那幕骇人的场景？他可曾慨叹华夏大地往事的沧桑，岁月的峥嵘？苍鹰翅膀卷起的阵阵轻风，可是父亲屈死的灵魂不甘的呼声？飘往天际的白云朵，可承载着远去的母亲含泪的音容？

不要试图把他攫在手中。朋友只能这样说。有的男人，能做老公；有的，适于调情；还有的，却只能像月亮，高悬在夜空，远远望着，凭你在脑中构筑一个个美丽伤感的朦胧。那种以救世主自居的男人，岂肯只属于某一个女性？在他的心目中，全中国的女人都该为他倾倒、为他献身、为他争风吃醋、死去活来，才属常情。

生命苦短，我们是普通人，禁不起折腾。

你的唇角挤出凄然一笑，那笑容令朋友心疼。想起了秋水边顾影自怜的母鹿，叹息毛皮不再光亮，双眸不再灵动。

多年前那个惊心动魄的夏日夜晚，你匆匆告别京城。朋友从不打探，这些年来，你为生存咀嚼过几多苦果，又何以落脚神秘的樱桃园中。

无需问什么。与众不同的女性，命中早已注定，只能选择飞蛾扑火般浓烈绚烂的征程。

你伴着年高然而壮硕，腹无诗书却精明过人的富翁，穿梭往来于小小寰球各个舒适宜人的角落，按心愿挑选着春夏与秋冬。每年里大半时光，你跟随他漂泊于无边无际的海上，在灯红酒绿的豪华游轮里，混迹于有闲阶层，接受如云的侍者阿谀奉承。

蹉跎岁月，你对酒当歌。然而，曲终人散，灯下独坐，你可曾厌倦这种候鸟式的奔波，你可曾企图挣脱这无所事事的奢侈折磨？

又是谁来电话？作者？什么作者？天啊，哪来那么多作者？你有时间陪他们闲扯，却没时间陪我？亲爱的，别走开，到我身边来坐！

你一定不无罪恶感地偷偷企盼过，某个清晨醒来，一切会戛然而止，钟表停摆、定格。你从此能舒展双翅，如云端白鹤。

那年盛夏，你飞回加拿大避暑，朋友去樱桃园看你，老人也在座。实在没什么话题，为打发无聊的冷场，朋友拎起他肥白的手掌，看看指纹，胡乱瞎扯。

你的生命线很长哦，朋友说。

老人听了，转动昏花的蓝眼睛，咧开嘴乐。

你也微笑着，点头附和。然而，不经意间，朋友捕捉到你黑黑的瞳仁里一闪而过的惶惑，或者是，焦灼。

其实不像世人庸俗的揣测，你并没指望从这场婚姻里有任何斩获。初到异乡无家可归时，你偶然成为老人的房客。道义和职责，令你竭力扮演着完美的角色。也许你们常常无话可说。飘雪的冬夜里，你们围着壁炉，手捧咖啡，各自想着心事，相视而坐。谁又知晓，那一丝丝关爱与温情，是否曾将残存在你童年记忆中父亲的影子激活？

樱桃该收获了，你敞开园门，用一筐筐嫣红的珍珠玛瑙，款待南来北往、素不相识的过客。

远远地，你看到老人费力地弯了腰，拾起树荫下每一粒落果。暮霭中，暖流悄然洇湿你心窝。眼看老人在一天天衰弱，你岂能扬长而去，且心安理得？

提起那群游手好闲，多年来靠他赡养并等待分配遗产的亲属，你眉头紧锁。一旦他过世，我拔脚就走，远远躲开那场令人厌恶的争夺，你说。

对远方的思念，如一股细细的清泉，滋润着你胸腔中干渴的沙漠。

他只能算是末路英雄。那充满哲理的构思，为治疗愚昧、私欲、贪婪所设计的乌托邦式的良药，落在世人眼中，无异于痴人说梦。

在黄土连绵的西部穷乡僻壤，他顽强地传播着村民选举的种种构想。然而那些生僻拗口的政治术语，那些慷慨激昂的演说，那些与柴米油盐毫无瓜葛的空洞理念，换来的不过是茫然的目光、不屑的讪笑。也许还有短暂的欣羡，或者是零星的崇拜。

他从未向你诉苦求援。可从远方来鸿的字里行间，你总能敏感地触摸到他脚下的羁绊。你从自己的积蓄里，一次次捎去无言的眷恋，年复一年，从未间断。

那年传来消息，他在西部陷入了麻烦。你八方联络，四处求情，磨破了嘴皮，喊哑了喉咙，直到获知他的安全。

算了，放弃那不可为的信念吧，来域外享受安宁。你在电话中苦劝。

他固执的拒绝，平添了你的担忧，更增加了坠在你心头的那份难以割舍之重。

去吧，你只好说，去继续你惊涛骇浪中的漂流。有那么一天，当你不再光鲜，不再耀眼，当你万念俱灰，疲惫不堪，请不要忘记，在遥远的大洋彼岸，有一片恬静的樱桃园。

又是一年，他在越洋领奖的途中，曾拐道果园。

门铃一响，你的心就开始抖颤。他站在你面前，冷峻，庄严，俨然一座巍峨的雪山。白云苍狗，时光荏苒，你却像当年在青海湖畔看到他第一眼，再次堕入万劫不复的黑洞、无药可救的怪圈。

晚霞将你的面颊烧红，客厅里回荡着你故作爽朗的笑声。你手忙脚乱，切火腿，剥洋葱，目光躲闪着，在若无其事的东拉西扯中，竭力压抑着一触即发的冲动。你怕稍一停顿，地下的岩浆便会升腾。你怕会扑向他怀抱，泪如泉涌。

似水的月光，漫流在枕畔。你心潮起伏，如卧针毡，眼瞅着夜的脚步，一寸寸迈过栏杆。

八旬的老人，鼾声正浓，息息提醒着你做人的规范。

然而，钟摆叮咚，声声警告着你人生的短暂。终于，你爬起身，溜出屋。飘逸的绣袍，扫过光洁的楼板，轻拂你裸露的脚腕。

他的房门虚掩，那道窄窄的缝隙，留下几多神秘的悬念？均匀熟悉的呼吸声，似潮水扑面，诱惑你堕入爱的海洋，抑或是罪的深渊？

你迟疑不决地伸出手，半空里，却又瘫软。

星移斗转，繁霜满天。你冰凉的手臂，紧搂樱桃树粗糙的枝干。你的思绪，飘回恍如隔世的青藏高原，耳畔风吹草低，隐隐传来羌笛的幽怨。

第二天傍晚，你送他去火车站。大厅里人影幢幢，灯光晦暗。高大的玻璃窗前，他与同去领奖的窈窕女子低声寒暄。他不时瞥一眼壁上挂钟，懒洋洋地，似乎神情疲倦。他在企盼动身的时刻吗，还是在掩饰心头的不安？难道在这仅余的分秒里，他竟无话与你倾谈？那女子将与他并坐车厢，迷人的青丝，可会缠绕他宽厚的肩？

对面的笑声，似珠落玉盘。你忽然感到自惭。你将目光转向大厅出口，茫然打量着红男绿女、匆匆过客，掩饰你难堪的落寞。

老旧的火车头呜咽着，在昏暗的站台停泊。他向你伸出手，唇角那丝暧昧的笑，一如既往，使人着迷，也使人困惑。

你多想对他说，朋友，你这一走，也许我们再无重逢之日，从此将天涯永隔。难道岁月崩断的琴弦，从此将不再鸣响，永留尘封的角落？

你却什么也没说。无声的凝视，吟唱出天鹅最后的歌：你曾留意过的，黄河源头欢快的浪花，有一朵，就是我。明亮清澈的水滴，已洒向天空、草原、村落。仅余下浑浊的部分了，请谅解这水质的苦涩。去吧，去继续你的追逐。也不遗憾：短短的人生航道上，有那么坎坷的一段，曾在你关切的凝视里流过。

车轮将他载入神秘的夜雾，也载走了你最后一片寄托。无望地等待中，古老的樱桃树开花结果，叶生叶落，年轮在一圈圈加阔。岁月流逝着，你已分不清了，牵着你的，是他，还是祖国？

不知从何时起，你不再抱怨无端浪费的春秋，也不再为无暇提笔而啰唆。你在老人日见呆滞的目光注视下，舞动起大大小小的板刷，将每一间屋子的墙壁门窗，反反复复，精心着色。你拉回一车车奇花异草，摆满房前屋后，又装饰亭台楼阁。你将甬道上整齐的红砖一块块掀起，变换着心思，重新铺设。

你已经忘记那个默默的期许了吗？抑或你仍在冥冥中等待着什么？

为什么你会拔掉花坛中浓艳的牡丹，栽种下一排排如雪的玉簪？

为什么你会盯着长长的甬道上扑朔迷离的图案，良久无语，神情惘然？

为什么你会独立于秋风四起的果园，任黄叶飘落你已见灰白的头顶，痴望雁阵飞往南天？

倘若有一天，你恢复了自由，他，是否还会回到你身边？

难说。你沉思了片刻，又道，也许吧。声音坦然。

你生命的旋律，已奏完大半。也许，你已相信了生活的真谛是平淡，不愿再打捞往事的沉船，也不再追忆逝去的华年。也许，你的爱已净化沉淀，没有了缠绵悱恻，仅余下最纯正的音色。也许，万紫千红已栽满你心田，那里不再是枯竭的荒原。你已不在乎他是否还会回到你身边，也不再嫉妒他与别人正在演奏或即将弹拨的和弦。

也许，你终于悟出了，手中缚着的，是一条挣不断的红丝线，一头系着对新大陆深深的痴迷，一头牵扯着对故土难舍的眷恋。

谁知道呢，你生命的旅途，不正是由于这忘年之恋，而显得异常丰满，无可遗憾？

（发表于 2005 年 10 月北美《世界日报》副刊）

10
故　园

——长篇小说《红浮萍》节选

（一）

那个面目慈祥的老妇人，好像是外婆。在一间狭窄、低矮、简陋的黄土小屋里，她正忙忙碌碌，招待着三两个我似曾相识的人。

心中不由生出几许疑惑来。幼时曾数度返乡，记忆中的故园，依然鲜明如画，绝非眼前这番景象。

六十年代初，铁路尚未伸入这块秦岭南麓的盆地。在嘉陵江畔下了火车后，便坐进破旧不堪的长途汽车里，顺着蜿蜒曲折的汉水东行。公路边不时闪过一两幢颜色晦暗的茅舍，田间地头，三三两两挺立着几株芭蕉和棕榈，宽阔的叶柄在清晨飘浮的薄雾中影影绰绰，若隐若现。

古城位于汉江平原腹地。外婆家坐落在城南一条青石板铺就的街道旁。外公在世时，为全县首富，在乡间和城里各有一所宅第。乡下的那处三进大院，传说当年颇为气派，土改时分给了二十三户人家。城里那座四合院，几经沧桑，也尽失昔日风光，成为数家合居的大杂院。

外婆住的正房，红漆剥落的廊柱擎着宽阔的前厦，堂屋一排高大的门扇上，依稀可辨精雕细刻的八仙过海故事景物。清晨，阶前的夹竹桃花挂满露珠，随着喜鹊的欢叫洒落一串。回廊拐角处，有道厚重的木门，通往幽深的后园。没膝的荒草里，残存着坍塌的石桌凳。远处是片浮着青萍的池水。园角有口孤零零的石井，井台上盖满厚绒似的绿苔，辘轳上的铁链锈迹斑斑。

外婆曾警告我，不许靠近那口已弃置多年的石井，“里边有鬼”。我却瞒着她，悄悄趴在井台上，往下瞧过。神秘的井底，捕捉到的，只是一张梳着娃娃头的圆脸蛋。

外婆牵着我的手，穿越幽深的大门洞，踏上年久失修、坑坑洼洼的青石板街，走不多远，便是一家油糕作坊。板壁桌椅油腻乌黑，留下烟熏火烤的痕迹。一个女孩蹲在灶口的柴堆旁，用力拉着呼哧作响的风箱。几个汗流浃背的成年男女围一条长案，手持木棒，用力击打着案上雪白的糯米团。拎了油糕出门，走了好远，耳畔还响着那“啪哒啪哒”的敲击声。

外婆还曾带我去逛城东的庙会。巍峨挺秀的古汉台下，密密麻麻挤满了一片席棚，摊贩们扯开嗓门，高声叫卖着五花八门的吃食玩艺儿。外婆买了几束拐枣，塞在我手中。这种怪模怪样、像秃树枝样不起眼的褐色小果，吃到嘴里却意外的甜蜜。

归家途中，外婆专门绕路，带我去看城中几处古迹。在一座陈旧萧条的院落里，有一方用青石块围砌的大水池，外婆说那是汉时刘邦军队出征前饮马之处，叫饮马池。外婆还指点着一处残败的土台，说那叫拜将台，讲起了萧何月下追韩信的典故。我听得似懂非懂，外婆是对牛弹琴了。

八十年代中期，我在出国前，最后一次去古城探望外婆。接风宴上摆满了佳肴。我把各种可口食物一一夹到外婆碗中。外婆虽已失明，却仿佛洞察一切："孩子，不用牵心我。外婆这辈子，什么都尝过了。"

一个年迈的表姑爷，牙齿已快掉光，呜呜哝哝接口道："你外婆……可是……见过世面的人哟……"他那双浑浊的老眼中似乎掠过一丝诡异的神情，勾起了我的好奇。可是，未待张口，棠舅已向表姑爷丢去锋利的一瞥。表姑爷有些尴尬，两片嘴唇赶紧吧嗒着烟管，目光再没往我脸上落过。

那夜更深人静之时，外婆颤抖着手，从柜橱深处摸出一双筷子："外婆只这一样东西了。带在身边，做个念想吧！"

浅黄色的象牙筷，在灯下发散出润泽的光，其上的磨痕依稀可见，仿佛记载着几多神秘的传说。

从未有人对我完整地叙述过外婆的一生。外婆也对自己青年时代的经历讳莫如深。只是从长辈们偶尔的闲聊中，我得到了一些支离破碎的梗概。像在草丛里寻回散落的珠子，我竭力把它们重新连成一串。

（二）

世纪之末，外婆落生在小城东街一家裁缝铺里。裁缝的三个女儿个个如枝头带露的果子般鲜亮。裁缝铺里媒人不断。大女儿已在头年嫁到了褒城山货栈老板家，现在轮到二女儿了。可任凭媒人说破了嘴皮，裁缝总是笑眯眯地不置可否。二女儿满十九了，裁缝依然不慌不忙地东挑西拣着。然而，精于算计的裁缝哪里晓得，清帝逊位后，军阀间争夺势力的战争已蔓延开来。小城那与世隔绝、亘古不变的生活节奏，很快将被打乱。

一个炎热无风的夏日，正午的骄阳烤得人头昏脑胀，猫儿狗儿们也都躲在门洞阴影里喘息。忽然，一串清脆的马蹄声踩在青石板街道上，由远而近。人们伸长了脖子，好奇地张望着。一个身材魁梧、骑高头大马的军官，正带领队伍途经小城。路过裁缝铺时，军官的目光落在门板后探出的一张脸上。军官一怔，勒住了马头。几天后，队伍开拔之时，二女儿被带离小城。

外婆和这个军官在一起是否幸福，她从这魁梧的汉子那里可曾得到过爱情，将永远无人知晓了。队伍离开小城不足半载，军官便在一次战斗中阵亡。

年轻的外婆被送往军官的家乡。她尚未从死亡的震惊中恢复过来，便获知了一个令她毛骨悚然的消息。军官家人密谋策划，企图将外婆卖入妓院，捞取一笔外快。幸亏有个良心尚存的亲属，将阴谋泄漏。于是，人贩子前来领人那夜，外婆已销声匿迹。

外婆逃回了千里之外的故乡。很难想象，在那兵荒马乱、盗贼蜂起的年月里，一个目不识丁的缠足女子，是怎样活着走出了险山恶水和刀光剑影的。然而，她回来了。在一个凛凛北风把古汉台角楼上小铜铃吹得叮当乱响的冬日傍晚，有人瞥见了外婆苍白瘦削如纸鹤剪影的身姿在街头飘过。

外婆返回家乡数月，裁缝便把她嫁给了外公。外公已年近六十。瘦高的身材微驼，长脸上垂着醒目的鹰勾鼻。他妻子去世不久，四个女儿中的三个也已嫁出。外公唯一的遗憾，是他花甲之年，尚无子息。族人中不断有前来说项者，欲将儿子过继给他。然而，精明的外公，对这些觊觎他庞大财产的建议，一概置之不理。他已拿定主意续弦，不使香火中断。

传说外公在媒人撮合下，对一个据称温柔贤惠的老姑娘较为中意。但在下定之前，外公执意要侧面看一下老姑娘相貌。几个媒人慌了手脚。原来他们受人之托，共谋要把一个其貌不扬的女子嫁入外公豪宅。情急之中，媒人们想出了偷梁换柱妙计。裁缝那红颜薄命的二女儿新寡在家，何不让她出面相亲。待生米煮成熟饭，还怕老头子翻悔不成?

庙会之日，外公在媒人伴随下，步入鼓楼旁一间陈设清雅的茶馆，在临窗的桌前坐下。窗外，鼓楼前那块空地上，几个流浪艺人，正在明晃晃的阳光下表演杂耍。一个肌肉鼓凸、臂膀裸露的汉子，红着脸，努力把一柄尺多长、寸多宽的利剑插入咽喉。外公的目光落在汉子身上。

插在汉子肌肉僵硬的喉中的利剑，在阳光下闪耀着刺目的光焰。外公感到喘不上气来，似乎要窒息。他慌忙垂首，将目光定在暗香漂浮的茶杯上。

竹帘一片窸窣声，外公重又抬起松弛下垂的眼皮。一个窄肩瘦腰的半老男子踏入茶馆。尾随在后的妙龄女子，着一领珠灰宽袖圆边袄，墨绿绸裙，长长地垂盖在脚面上。媒人翘起尖下巴，给外公递去诡异的眼色。

透过架在鼻梁上的水晶镜片，外公不露痕迹地打量着默默走过身旁、又静静坐在远处竹椅上的年轻姑娘。

角落里的盲艺人，适时揉起弓弦。悠扬婉约的二胡曲飘入耳际，似一股清凉的泉水在外公血管里流淌，将方才吞刀汉子引发的窒息感渐渐抚平。外公的眼角湿润了，脑中莫名其妙地浮现出卧房几案上那对绘着仕女图的细瓷帽筒来。

很快，裁缝为自己在茶馆中扮演的角色懊悔了："凭什么我就不配和杨大老爷做亲家！"于是，媒人们发现，他们落入了自设的陷阱中，无法斡旋。

（三）

在那所深宅里，外婆立刻嗅到了浓烈的敌意。

二十五岁的四小姐，比她称做"新娘"的继母还年长五岁。外婆头次听佣人私下将四小姐称为"紫嘴巴"时，甚是好奇。然而一次午饭后，四小姐喝毕汤，用绢子抹掉唇上胭脂，外婆才注意到那两片略嫌肥厚、颜色暗紫的嘴唇。

对于“紫嘴巴”来历的传说，外婆则半信半疑。二十五年前一个夜晚，外公的前妻给他生下了第四个女儿。被一次次失望所激怒的外公大发雷霆，喝令佣人将嗷嗷啼哭的新生命投入水缸。片刻后，外公走入产妇卧室，看到蒙头哀泣的妻子，立即为自己的残暴感到懊悔。女婴从濒死中被救活，唇上却留下了永恒的纪念。

四小姐未像她的三个姐姐一样，在含苞欲放之年嫁入门当户对的财主家中。长期以来，外公一直在精挑细选，为她物色一个可入赘的女婿，以便能把自己庞大的财产留给亲生骨肉。不过，这个想法遭致族人激烈反对。外公的几个弟弟，无不希望将自己的儿子过继给他，因而总是千方百计地阻挠他对女婿的选择。

四小姐如花的年华，便在这冗长的明争暗斗中无端地流逝。“新娘”的进门，更为严重地威胁到四小姐继承权的落实。显然，只要年轻的“新娘”为外公生下儿子，四小姐这些年耗尽心血的等待，便将付诸东流。

两年后，外婆怀孕了。严重的孕期反应使她粒米难进，呕吐不停。外公求子心切，请来城中最好的中医为她诊脉安胎。

一日，外公乘船到汉江下游办事未归。暮色中，外婆的女佣在厨房煎煮中药。她因事离开了片刻，返回时却见四小姐高大的身影在灶台前匆匆闪过。擦身离去时，四小姐神色慌张，险些被门槛绊倒。望着咕嘟嘟冒热气的药罐，女佣犹疑不绝。最终，在她巧妙的暗示下，外婆未敢进药。

那夜更深人静时，外婆恍惚间听到一阵凄厉的惨叫。她披衣下床，循声来到室外。皎洁的月光下，一只黑猫在阶前痛苦挣扎。女佣欲言又止的面孔再次浮现。外婆迟疑着转过身，看见了打翻在窗下的药罐。

清晨，四小姐从女佣口中得知了她宠物的噩耗。她来到外婆院中，面色苍白似宣纸，未涂胭脂的双唇抽搐不停，目光躲避着默默伫立在窗内的“新娘”，动作机械地抱起了阶前冰冷的猫尸。对于黑猫莫名其妙的死亡，她缄口不问，尽管明媚的早霞已将夜幕遮掩的一切赤裸裸展现。

一年后，外公为棠舅满月大摆宴席，宾客云集他乡间的巨宅。人们纷纷举杯恭贺外公晚年得子。他那张一向严厉的长脸上也浮现出满足的微笑。

四小姐整天未踏出房门一步。外公日前已告知她，邻县一个富商才死了妻子，这个空缺将由她去填补。

四小姐恨得咬牙切齿，然而心下明白已再无理由继续赖在娘家。前院客厅里阵阵袭来的欢声笑语，逼得她疯狂。她喝斥一切试图劝她进餐的佣人，小脚跺得地板咚咚响。一只只绣鞋从四面八方狠狠扔出，追打得猫儿们在屋内上蹿下跳。

也许是为了弥补心中歉疚，外公为她置办了极为丰厚的嫁妆。小城人盛传着那支由五十个壮汉组成，浩浩荡荡开到江边的送妆队伍。女人们扬起眉梢，咂着嘴唇，艳羡那装满箱箱笼笼，一辈子也穿不尽、盖不完的绫罗绸缎。

四小姐的新对头，轮到她的婆婆，一个经年患病、阴阳古怪的老妇。四小姐嫁过去不足半载，老妇便因病离世。富商家上下却一致认定，四小姐桀骜不驯的脾气是罪魁恶首。他们企图利用这天赐良机，狠狠敲外公一笔。除了索取巨额赔偿外，还责怪他养育了一个不谙妇道的女儿。

白花花的银元未能平息怒气， 罪人仍要接受惩罚。老妇的尸首停放在一间空屋内，四小姐被勒令披麻戴孝整日长跪尸旁。炎炎三伏，未及出殡，尸身已开始腐烂。四小姐被迫用一双竹筷挑拣出恶臭熏天的尸身上蠕动的蛆虫。她昏死过几次，便被冷水泼醒几次，继续赎罪。待到丧事终于办完，四小姐也从此卧床不起。

外婆曾远赴安康，探望临终前奄奄一息的四小姐。“啊，是你，新娘，” 四小姐有气无力，竭力睁开浮肿的眼睑，眸子已失去往日犀利的锋芒，“你是来…… 看笑话的吧，我知道，这……是报应……”

外婆颤抖着，握住了那双冰凉的手。

（四）

连续七天七夜隆重浩繁的葬礼，已近尾声。

大门外，沿街里许，摆放着亲朋至交送来的各色花圈、挽联孝幛。最惹眼的，是展示于大门两侧的出行用具。左侧，用锡箔糊制的四匹高头大马，形态大小几可乱真，牵一辆金纸制作的轿车，其美轮美奂，引得观者赞不绝口。右侧立一纸扎车夫，拉一辆簇新的黄包车。这种胶皮轱辘车，为新近传入古城的交通工具，于坊间尚为稀罕物事。工匠惟妙惟肖的技艺，使人看不出这辆车竟也为纸箔所扎。围观者不免惋惜，这一应美丽精巧的艺术品，都将在几个时辰后付之一炬，化做灰烬，伴亡者升天。

大门内，宽敞的堂屋正中，停放着沉重的楠木黑棺。灵前香烟袅袅，孝幔重重。连日来，大院内充塞着各色人等：前来吊唁的亲朋好友，置办丧礼杂事的佣工，吹奏哀乐的艺班子，外加日夜念经超度亡魂的众僧。

外婆已疲惫不堪，仍强打着精神接待亲友，指派下人。她所面临的，是双重艰巨的任务。

外公在病势沉重时，亲自做主为十七岁的棠订下了一门亲事。未想，距迎娶仅差九天之时，外公却撒手人寰，终未能亲眼看见儿子的良辰吉日。喜帖已全部发出，办喜事的所有准备都已就绪，倘若此时取消婚礼，照习俗要在守孝三年后方可重新迎娶。鉴于红白喜事皆为兴师动众、耗时耗财又耗力的大场面，为节省起见，外婆果断决定，葬礼结束后，婚礼仍按原计划进行。

几天来，偏院里的厨房未曾熄火，大碗小碟地招待着川流不息的人群。今天是最后一日，来宾已达高峰，坐满十余张八仙桌。杨家亲友多，好吹毛求疵者亦不在少数。外婆小心谨慎地应付着各位，唯恐给爱挑眼者留下日后嚼舌的话柄。今日若顺利度过，后日的婚礼便可如期举行。外婆时而回首，朝摆在堂屋案上的大座钟撩去焦急的一瞥。

择好的出殡之时就在眼前。

恍惚间，她似乎觉察到院中气氛异常，有人在挤眉弄眼。未待她看清究竟有何差池，只见族人中七八个老少爷们已经离席，迈入前厅。一个手势，众人便似一堵墙般，齐刷刷横在了灵前。

外婆定睛，见为首一人，竟是外公的同父异母弟，六老爷。只见他不慌不忙，边翘着小指用牙签剔着稀疏的齿缝，边用眼角冷冷扫视着外婆，拿腔做调地代表几户人家，提出了对外公遗产重新分配的方案。

“你若晓事嘛，自不必我们多言。要是装糊涂，哼！”六老爷将牙签狠狠朝脚下一掷，虚肥的黄面皮上挤出阴森森一笑，“大家也就不客气了。”

“对，这棺材今天就别想出堂屋！”胁从者捋袖子跺脚板，一片吵嚷。其中一人，拿出早已备好的一挂黄铜大锁，叮当响着，示威性地挂在了堂屋的门环上。

外婆脊背上顷刻间渗出了一层冷汗。显然，一切都是预谋已久，算计着到了节骨眼上，要这孤儿寡母好看的。她强自镇定，晓之以大义：时辰已定，误了大事，后果难当啊！

六老爷鼻孔中“嗤嗤”两声，傲慢地扭过头，瞥一眼西斜的日头，脚下却似铆住了般，纹丝不动。几个男人依样发出不屑的冷笑，个个绷紧脸，岔开腿，顽固地挡在灵前。

片刻前尚为一片嘈杂喧闹的前院，此时鸦雀无声。来宾拥塞到堂屋前，从窗棂的缝隙与下垂的挽幛间伸头探脑，屏息观望。空气仿佛凝固住了，没有流动，艰涩异常。

外婆盯住堵在眼前的人墙，一阵晕眩。她颤抖着双手在身边摸索，寻找着什么，想要支撑住即将倒下的身躯。

正在后面院落里接待女客的雯，从佣人口中得知了发生在前院的“兵变”。雯急匆匆跑进厢房，找到正在登记礼品账目的哥哥求援。

棠不耐烦地掷下手中毛笔，仰靠在太师椅上，紧抿着薄唇，一声不出。连日来，他心里懊恼不堪，不想与任何人攀谈。

那个吊着一张木瓜脸的鲍家女子，哪里配做他的新娘！小城中对他青睐的女学生不计其数，其中也有几个颇为出色的，譬如那个在文明戏《棠棣之花》中扮演女主角而轰动了全城的姜小姐，岂是这鲍家女子可以相提并论的！

一贯被娇宠的棠，其实心里十分清楚，为什么长辈们在这件终身大事上，固执得丝毫不肯向他让步。鲍家是邻县首屈一指的大财主。在众人眼中，唯有这两家联姻，才堪称门当户对，于面子上好看，小辈的委屈，又有谁肯去理会呢！两天之后，他就要被迫与那个木瓜脸拜堂成亲了，可叹他这个闻名全城的翩翩公子，竟无力左右自己的人生！

“我有什么法子？我的痛苦，有谁关心过？”棠冷笑道，“让他们闹去吧！都拿干净了，倒还省心！”

雯猛然转身，甩开了身后的抱怨。

围在堂屋前瞧热闹的人群，忽听身后传来一个少女清脆的声音：“闪开！都闪开！”众人回首，只见一身素裹、两颊绯红、杏目圆睁的杨家小女儿，双手提一柄雪亮大斧，从人堆后挤了过来。

她冲到灵前，对外婆说：“妈！与这些人讲理，有何用处！”旋即对那堵人墙喝道：“谁不让开，我就砍谁！”

话音刚落，她便双手高举大斧，冲到门前，照着门环上那挂黄铜大锁，劈将下来。几声巨响，铜锁咣当一声跌落地上。

围观者一片惊呼。众人瞠目结舌，都道这不顾一切拼命的小女子，此番定是疯了！挡在灵前的几个男人，吓得抱头鼠窜。雯舞动利斧，佯做追赶，直到他们慌不择路，做鸟兽四散。

外婆醒过味来，一挥手，候在一旁的帮工们迅速聚拢，抬起了沉重的黑棺。

（五）

雯在葬礼上的惊人之举尚未在饶舌妇人口中被嚼烂，有关她的其他轶闻又接连不断成为小城人茶余酒后解闷的谈资。雯的对手，不仅限于着长衫马褂，戴瓜皮小帽，叼长杆烟枪的老朽，还有那位留洋归来，穿西装皮鞋，梳油光分头，引领了古城中追逐时髦男女东施效颦的县长大人。

内战炮火犹酣时，雯已入省城大学中文系就读两年。国军溃败之速令人吃惊，新旧政权的交替似乎在一夜间完成。城头变换大王旗那刻，虽然对共产党是何物事不甚明了，她也不由自主地随着学生队伍，加入了市民欢迎大军入城的仪式。不久，她就和许多女学生一起，脱下长衫大褂，换上了风行一时的两排扣子的“列宁装”。

轰轰烈烈的土改运动卷来之时，雯毫不迟疑，奋笔疾书，力劝外婆积极响应政府号召，主动上交所有财产。“我们庞大的家财不过是剥削劳动人民血汗而得，现在应该是无条件地将其归还之时了！”

外婆手捏着一封封从省城传来的烫人的家书，辗转反侧，数夜难眠。她忘不了，多年来明里暗里对付贪婪狡黠的亲族及官府的敲诈勒索，保住家产至今的艰难，如今要把一切没收充公，她岂能甘心呢！可不甘心，又能如何？外婆明白，迟至今日，为时已晚。

早在共产党开来之前，古城中一些有钱有势者就在竞相抛售土地财产之后，携金银细软逃之夭夭。那个屡屡寻衅肇事的六爷也在其列。外婆一向做事光明磊落，问心无愧，自信共产党不会与自己过不去。因此，她既不变卖财产，也未加入逃亡队伍，稳坐家中，静观世态。

提到共产党，她也并非全无概念。虽说自民国以来本地一直为国府治下，但有关“红匪”的踪迹，却时有耳闻目睹。约是民国二十三年冬里，一股北上的红军进入陕南的崇山峻岭，翻天覆地闹革命。外公外婆带领合家老小仓皇躲入城中。红军撤离后，外公外婆返回乡间老宅，见库中所存粮米被分放一空。外公仰天长叹。外婆却安慰外公，开仓济贫，也算是积德行善之举吧。

抗日时期一次关于“红匪”的传闻，至今想起仍令外婆心惊肉跳。邻居一个破落户人家刘姓的女儿，在女师读书时演文明戏，唱救亡歌，出尽风头，成家喻户晓人物，却突然间不知去向。消失了二年后，刘家女子一日忽重返小城，行踪神秘地往来于大街小巷间，做些不知是何名堂的举动。有人私下传说，这小女子是在延安受了训。须臾，小女子忽又无了踪迹。刘家寡母四下打探，皆无音讯。直到一日清晨，寡母出门，见院门外隆起一方新土，似有人在此翻弄过。疑惑中叫人掘开，几锨下去，挖出一个麻袋，打开来，便见血淋淋被肢解的尸体碎块！寡母一声惨叫，当场昏厥。消息传开，有说是县党部所为，听说经拷打审讯后，女子不屈，便被拉到野地里悄悄杀害了。

三十年河东转河西。昔日被围堵追杀的“红匪”，而今以胜利者姿态敲锣打鼓凯旋。

收到雯的信后，外婆又给远在外地的儿子及长女传书。棠的回信举重若轻：“一贫如洗，两袖清风，则烦恼全无。”外婆看后叹气：“说大话最易。这些年，唯有他花起银子似水淌。”

接踵而至的长女来信，婉劝外婆配合政府之外，顺便提及，她所任教的中学校长，为她介绍了一个在省政府工作的共产党干部，男方正催促她早日完婚。

外婆心烦意乱，六神无主。正在此时，一个令人心惊肉跳的消息传来。外婆的亲家公，棠的老丈人，在邻县开展的土改运动中被处决。鲍家是当地首富，已在必冲之列，且兼他家独子又在胡宗南手下为官，已随国民党退到台湾。然而老夫妇固执地不肯相随。鲍老爷刚愎自用了一世，口称见多识广，经历过几个朝代，他一把老骨头，共产党又能把他怎样！连外婆也未想到，共产党可就真拿这个反动家属开了刀！亲家公被枪决后，农会的人又把亲家母吊在院内老核桃树上拷问，逼她交出藏匿未报的金银珠宝。奄奄一息时，才将其解下。亲家母于当夜更深人静时，寻出了藏匿在墙缝中的砒霜。

那个被棠贬为生了一张木瓜脸实则容貌端庄的鲍家女儿，结局更堪怜悯。婚后不久，棠借口去武昌读书，暗地里与他一向心仪的能说会唱的姜小姐相约私奔。几年下来，尽管外婆一再书信规劝，棠却铁了心，坚拒返乡与妻子破镜重圆。外婆深觉愧对儿媳，唯有好言相劝。鲍家女子性虽木讷，头脑却似她枉死的父亲，坚硬一如花岗岩，固执地不肯考虑任何一条可能的退身之路，一味等待着云开日出、峰回路转的一天。

在漫长的等待中，她初时尚好，如一潭死水，幽居后院房中，精工细绣的枕套床帐渐渐塞满箱。然而，当她从佣人口中风闻，姜小姐已生下一个男婴，为杨家续上了香火，心中明白丈夫的回归将遥遥无期，才终于撂下绣花绷子，绝望地躺倒。

病好后，鲍家女子仿佛脱胎换骨，整日如鬼魂附体般，口中不停吟唱。那调门颇似秦腔，时而高亢入云，石破天惊；时而婉转低回，如泣如诉。唱词则从无固定，目光所及，信手拈来。

共产党进城后，鲍家女子的歌词中便不断涌现新鲜时髦的词汇，如翻身平等，压迫剥削，妇女解放，当家作主之类。每当听到那带着颤音的尖利歌声穿堂而过、绕梁不绝时，外婆脊背上就如蚁走般一阵刺痒。

终于一日，那令人起棘皮的歌声永远地沉寂了。鲍家女子惊获双亲的噩耗之后，便又恢复到初始的缄默。某个清晨，人们被乌鸦不祥的聒噪声惊醒，从后园长满青苔的石井内捞出了女人僵硬的尸身。

外婆不再犹豫，主动将数百亩良田与铺头房产悉数上交。她的举动，再及时不过。未几，骇人听闻的消息纷至沓来。古城内外，不时有头脑顽固、不识时务者，毙命于汉水边的鹅卵石滩上，也不乏家有财产兼有民愤者，在批斗会上当场丧生于乱棍之下。

（六）

分浮财那日，天空晴朗，万里无云。乡间老宅，一早便挤满了吵吵嚷嚷的人群。

青砖墁地的前院，堆积着从各房搬出的成套家具，瓷器字画，被褥床帐，绸缎布匹，四围用一条粗粗的绳索拦住。最惹人瞩目的，是中间一张八仙桌。一只大号的青花瓷盘里，堆放着珠宝首饰，桌面上，摆放着一摞摞银元，在明晃晃的阳光照耀下，放出刺目的光芒。几个臂缠红布条的人高声吆喝着维持秩序，竭力阻止住涌上前来的人群。

外婆躲在厢房内，悄悄从窗帘的后面观望。

一个穿黄军衣的精瘦汉子从人丛中挤出，纵身跳到一把太师椅上。只见他拿起吊在颈上的哨子，狠命吹了几声，混乱的人群立刻安静下来。黄军衣从袋中掏出几张揉皱的纸，开始宣布分到各人名下的财物。

人群里鸦雀无声，间或能听到咂嘴之声。长长的名单终于念完，院子里一阵骚动，开始动手搬家具拿浮财了。

棠房里那套配有八把椅子的八仙桌，被分给了九户人家。外婆的思绪，飞到好多年前。棠订婚后，她请了十多个木匠在家日夜赶制新房中家具。这套核桃木桌椅上满是精雕细刻的花鸟图案，无一重样。可惜自从婚后棠离家出走，这套家具便与鲍家女子一起被冷落，从未派上过用场。

一阵喧闹声吸引了外婆视线。一个老佃农，不情愿接受分给他的两尊瓷器。那是外公在世时的旧物，这尺多高，绘有仕女图的瓷帽筒，过去一直摆放在他卧室的几案上。

老佃农赌气说："我要这有啥用？盛米啊？不如换给我一把椅子哩！"

黄军衣一口拒绝了他的要求："不行！人人都要换，还不乱了套！"

老汉又抬手，指指八仙桌上青花瓷盘内闪亮的银元，陪着笑脸和黄军衣商量："要不，给两个银元顶替算了！"

遭到拒绝后，他无可奈何地伸出粗黑的双手，抱起那两尊光洁的瓷筒，垂头丧气蹒跚而去。

外婆盯着他背影，心里悄悄感叹：满院里东西，怕数这明代的瓷器最值钱哩，唉，原打算留给雯做陪嫁呢！

日暮时分，曲终人散，四周清静了下来。外婆缓步移至廊下，倚柱子站定，盯着院中花坛内被无数只脚踩踏得稀烂的花木发呆。

敞开的大门洞里，忽地闪进了一条人影。外婆定睛，见是邻人儿子。青年人朝院中匆匆掠了一眼，见无甚可取之物，便往后院及偏院中搜索去了。

少顷，他拎着一柄沉重的大斧出来，迎面看见了呆立不动的外婆。年轻人愣了一下，略有踌躇，唇边挤出一丝尴尬的笑：“这个，杨婆婆，你没得用处了吧？”

外婆看看那柄依然闪耀着锋利光芒的斧头，心中一动，轻轻摇了摇头。小女儿手举大斧劈砍黄铜锁的画面，转瞬已逝去多年。

（七）

抗美援朝的烽烟燃起之时，雯报名参加了志愿军。

全校二百名应征的大学生中，雯是屈指可数的几名女生之一，在校园里倍受注目。恭维与赞扬，如春风中的桃花瓣，频频飘落她鬓边。虽然知心好友悄悄为她惋惜：何以在即将大学毕业之际投身疆场，前功尽弃？她却朗笑着宣称：革命青年为国流血捐躯，当在所不惜！

私下里，难以否认，雯的脑中，时时萦绕着个人英雄主义的复杂梦幻。那些日子，她常会想起假期返乡探亲时，映入眼帘的一幕幕情景。

幼时的雯，曾与族中一堂姐相伴玩耍。堂姐资质平平，各方面都不及雯活得潇洒。自从堂姐的父亲也加入了葬礼上夺产阴谋的队伍，雯就与堂姐一家断了来往。堂姐十七岁那年，不满包办婚姻，负气出走，一别九载，杳无音讯，家人都道她已亡命天涯。谁知解放不久，堂姐便乘吉普，带卫兵，威风凛凛，重返古城。

那日青石板街上传来喧哗的鞭炮锣鼓声，雯好奇地挤在人群中，立于大门背阴处观望。地方政府组织了师范学校数十名学生和教员，腰系红绸绿缎，一步三摇，扭着秧歌，在吉普车前开道。

四目相对的刹那，雯清清楚楚地捕捉到堂姐那对刁钻的丹凤眼中一闪而过的高傲。那一瞥，提醒了而今横在她们之间无须再争辩的鸿沟。吉普车轮碾压过古老的青石板，也深深地碾压过雯曾经拥有的自豪。

曾被大卸八块埋在自家门前的刘家女子，也终于在冥府中吐了口冤气。如今她尚在人世的寡母，出来进去，都会驻足，久久地凝视高悬在门楣上方，那块鲜红得似能滴出血来的“光荣烈属”牌匾。

在堂姐的吉普车浩浩荡荡驶过青石板街上的那个清晨，雯的目光穿过树梢，越过原野，搜索着变幻多端的云层，捕捉到一只雪白的鸽子，在蓝天上下自由地翱翔。

第二年秋后，古城的人们敲锣打鼓，把大红色立功喜报送到城南杨家久已冷落的门前。外婆被这突如其来的荣誉弄得不知所措，颤抖着双手端茶递烟。

从此每年深秋当雁阵从古城上空淡淡的云影中掠过，外婆就会梳光已经灰白的发髻，坐在廊檐下，静听门外青石板街上过往的脚步声。

雯参军后第五个年头，一个秋风萧瑟的日子里，外婆灵敏的耳朵捕捉到几丝熟悉的声音。她站起身来，胸口怦怦一阵猛跳。隔着阶前凋残的夹竹桃丛，她看见了怀抱婴儿、悄悄立于门洞阴影处的女儿。

三天后的清晨，雯默默地与老屋再次告别。她盯着在外婆枕边酣睡的婴儿稚嫩的脸庞，视线突然模糊了。

“你要走了，给孩子起个名字吧！”

“我已想好了。叫婷。让一切厄运都停止吧！”

“停？…… 不太吉利啊！叫平吧，平安无事嘛！”

卖青菜豆腐小贩的吆喝声，隔着高高的院墙传入，屋后皂角树上恬息了一宿的老鸦，被悠悠长声惊醒，呱呱叫着在后园飞绕，抖动的翅膀掠过井台旁芭蕉丛，碰落一串泪珠般的露水，濡湿了石桌凳。

雯咬咬牙，放下床帐，身影迅即消失在门外。

（八）

风声凄厉，秋雨临窗，怵然醒来，方明白此时身在遥远的异国。那黄土小屋，不过是梦中情景。外婆她老人家，已在故乡汉江旁青青的竹林中长眠十余载了。如今，外婆与她同时代的人们都已纷纷作古，有关故园老宅的传说，也早被小城人淡忘。

一九八七年农历除夕之夜，当古城的大街小巷里鞭炮声不绝于耳，夜幕中弥漫着浓烈呛人的烟火气味，家家户户都在觥筹交错辞旧迎新之时，双目失明已久的外婆，在一团漆黑的老宅中悄然离世。

据说，在外地教书的棠舅赶回家乡，为她老人家操办的丧事颇为隆重。送葬的队伍浩浩荡荡，在数辆缓慢移动的卡车跟随下，沿着古老狭长的石板街悠悠前行。街两旁挤满了看热闹的人群。黄白二色的纸钱漫天撒下，随风飘落，几十支唢呐高亢苍凉的声调直冲云霄，惊魂动魄。送葬队伍跨越汩汩东流的汉水，来到离城数里的乡间故居，在那座已被分割得七零八落、面目全非的老宅外郑重其事绕行一周。哀号与唢呐声，此时骤然达到高潮，翻江倒海，震耳欲聋。

半个月后，详尽记载了葬礼过程每一细节的长信和彩照寄到了北京。“雯妹，丧事办得十分排场，围观者人人羡慕。有人说，现在好啦，共产党不管这些事啦！也有人说，我死后怕是没有杨家婆这么风光……”

妈妈在悲哀的浪潮平息后，却对棠舅的行为多有微词。“‘文革’中被关了十年，还不吸取教训，身为政协委员，竟敢把送葬队伍带到被没收的老宅去！倘若人家追究起来，说他反攻倒算，可怎么办！”

妈妈的担忧，已成多余。两年之后，棠舅便因病离世，未及看到如今天翻地覆的变化。想到此，我心中猛然一动，依稀记起梦中所见人物，其中一个，似乎正是棠舅。难道亲人们是在托梦给我，为了某些未竟的心事？我竭力回想，慌忙捕捉，却发现那梦境已渐渐淡化，消失，只留下一些模糊不清的痕迹。

怅然若失之余，我拧亮台灯，从抽屉里摸出包在绢子中的那双沉甸甸的象牙筷。灯下，淡黄色的光泽闪闪烁烁，无言地向我叙述着已被人们遗忘的，久远的传说。

（载于2001年6月北美《世界日报》小说版）

11

噩　梦

——长篇小说《海底》节选

躺在床上，江鸥却无法入睡。母亲板着面孔在灯下奋笔疾书的形象，久久地停留在她的脑中。这种表情，她非常熟识，从幼年起便伴随着她的成长，并在潜移默化中，为她树立了人生的榜样。

此刻，母亲在写什么呢？懊恼她生养了一个不争气的女儿？还是为我在这块陌生冰冷的土地上处处碰壁的遭遇而心疼、失望？

“自从有了你，我的一生就彻底毁了！”母亲怨恨的声音再次在空中回响，像一把利刃，一下下戳割着江鸥的心脏。

江鸥很想知道，自己是如何来到这个世界上的。然而，母亲仅有的一次描述，简短、平淡，承载着她刻意的遗忘。

根据那支离破碎的字眼，江鸥在脑中勾勒出几幅色泽暗淡的油画。

那是深秋里一个月圆之夜，清辉透过窗棂，洒在产妇苍白的额头和面颊上。

走廊外，远远地传来婴儿的哭泣声。适才，护士夸赞婴儿很漂亮，粉红的面庞上生着一对漆黑的大眼，左颊上还有一个圆润的酒窝。

对这善意的恭维，产妇仅仅报以无言的苦笑。她的内心正在挣扎着，是否应当把婴儿送给他人领养……

这样的描述，当然令江鸥沮丧。于是，按照贝贝在风雨中来到世上的细节，她重新绘制出自己降临人世的那个晚上。

冰冷的雨滴昼夜未停，淅淅沥沥，敲打在玻璃窗上。乌黑的长发在雪白的枕上散乱成一团。没有人声，没有灯光。她独自躺在妇产科监护病房里，忍受着一浪高过一浪、长达三十六个小时的阵痛。当她被折磨得筋疲力尽、奄奄一息时，她嘶哑着喉咙哀求道，医生，拿把刀来，切开我吧！

江鸥能够理解，珊瑚当初看到新生儿时，为什么目光中氤氲着的，不是喜悦，而是漠然与忧伤。当身体里的血液已经流光，四肢冰凉，江鸥甚至没有多余的力气，看一眼那个陌生的小生命。

你给她起好名字了吗？面对护士温柔的询问，她只是无力地晃了一下头，便合上了双眼。

在大学读书的时候，江鸥才得知了和自己生命有关的那个男人的真相。那时候，他早已长眠于大兴安岭茫茫的林海里多年，仅留下哀怨的呼唤，随着冬日的北风，偶尔潜入亲人的梦乡。

提到那如流星般瞬息即逝的短暂婚姻，珊瑚秀丽的面颊便会绷紧，眸子也如极地冰川，折射出难以穿透的寒光。

“我从不后悔，从不。是的，他的确有才华，也曾经展示过昙花一现的辉煌。但在政治上，他是敌人。我只能相信组织，相信党。”

残酷的告白，粉碎了江鸥在心头悄悄编织了多年的浪漫童话。从此她停止了暗夜里的饮泣，也开始学会遗忘。

江鸥的自信心从未建立起来。珊瑚不止一次地责怪她，办了错事，却总是向母亲隐瞒真相。然而，江鸥不知道，即便母亲及早得知真相，是否就能引导着她的小船驰往光明的港湾。

母亲踏过的小路，崎岖蜿蜒，难道不是荆棘丛生，不见鲜花？

恍惚中，江鸥看到自己在苍穹下独自飞翔。漆黑的海面上，笼罩着重重阴霾。她想摆脱开这令人窒息的视野，寻找光明与晴朗。为了保持平衡，不从空中坠落，她吃力地摆动四肢，像鸟儿舞动双翅一样。

透过影影绰绰的浓雾，她看到下面显露出长长的海岸线。一群白色的水鸟环绕着险恶嶙峋的山崖盘旋，发出惊恐的鸣叫，似乎是撞见了什么骇人的景观。

一不留神，她失去了平衡。臂膀僵住了，竟再也舞动不起来。明知下面是万丈深渊，却只能横下心来，闭紧双目，任凭身体像一片树叶，由高高的云端飘落。

白色的水鸟群消失了，唯留下高空中传来的阵阵鸣叫。她跌落在肮脏龌龊、垃圾成堆的海岸旁，不慎惊扰了一团蠕动着的毒蛇。有海蛇，也有陆地上生存的眼镜蛇，公的母的，肥的瘦的，扭动着乱缠在一处。一条条淫荡的红信子在暗夜里摇摆。污浊的空气中飘荡着交媾求欢时调笑的声浪。

“俺就喜欢你那骚样儿，像发情的驴子在泥地里打滚儿一样！”

“拿啥衡量优秀蛇？被异性爱上，被同性恨上。亲爱的，你红啦！”

“亲爱的，她跌落在你身边，一定慌了手脚吧？”

“你真是料事如神哪，英雄所见略同嘛！别紧张。给她泼上几盆脏水，把她搞臭，就把视线引开了！”

“首席有令：统一策略，硬往她身上赖。多招几个帮闲来，合伙咬她！年年搞优秀蛇排行榜，都靠首席弄钱拍板呢！谁敢拒绝跟咱跑，今后就别想在蛇坛里混！”

“给她栽赃倒不难，反正都是匿名的。不过，你能帮俺搞到永久海蛇身份证么？”

“值个甚？给咱撑腰的全是硬货色哩！西门大官人那里是过了明火的，自不待言，巡海夜叉的跟班儿在暗里帮咱捅刀子，龙王殿主簿的继任也内定了要提拔呢，副部级……”

江鸥明白，自己在无意中惊扰了爬虫们的好事。蛇们羞臊成怒，开始疯狂地撕咬她单薄的躯体。在这人妖颠倒、腐烂发臭的垃圾堆里，无处讨还公道，唯有拼死搏斗，与毒蛇们同归于尽。她克制住强烈的厌恶，咬紧牙关，用自己光洁的肌肤，碾压着身躯下一条条沾满毒液的爬虫。

毒蛇们尖利的牙齿剥光了她的衣服。她看到自己赤身裸体，顶着狂风恶浪，在黑夜的海边奔逃。紧跟在后面追赶的，是一群挥舞着刀枪棍棒、满口污言秽语尖声叫骂的虾兵蟹将，脑门上却都绑了白布条条，上面歪歪斜斜地写着“美女”“学者”“基督徒”“优秀蛇”的字样。

“怪不得没人想要你呢！长得丑，又没才，只配嫉妒俺们美女蛇！”

“就诬陷你了，就跟你耍流氓了！你敢去告吗？俺们发言可都没落款，你找得着我们谁？就你那穷酸样，请得起律师吗？白人律师贵着哪，你这个岁数了，就是浑身上下都脱光，也引不起人家半点性欲！不给你减价，反要涨呢！哈哈……”

海面上风急浪险，波涛汹涌，拍打着沿岸崎岖狭窄的山道。她的腿脚像被锁链缚住，失去了灵活性，无论怎样挣扎，也寸步难移，犹如在逆流中跋涉。她拼命挥动双臂，想要返回晴朗的碧空，却发现已经丧失了飞翔的功能。她想张口呼救，喉头已哑然失声。

山道的前方，隐约闪现出一堵红墙，在黑夜里放射着耀眼的金光。那红色让她心头燃起了一线希望。艰难地挪到墙下，才发现那红墙的基座，原是一块块金砖堆砌而成。定睛细看，那墙，竟也是一垛胡乱拼凑起来的碎砖烂瓦，染了红色，百孔千疮。

嘈杂声中，红墙上方突然探出了一排丑陋狰狞的兽头。为首的，竟是方才在草地上那几条毒蛇。聚拢在蛇们四周的，一个似猪，一个似狐，一个似獾，一个似鼠，却都描了眉画了眼，扮出人的嘴脸。

黄了梢的母蛇在泥坑里转着圈撒泼，朝老公蛇卖弄风骚。老公蛇嘶哑的喉头憋出了一声奸笑，蛇们兽们便龇牙咧嘴，齐刷刷发出喧嚣。刺耳的噪音如高分贝喇叭，远播天涯海角。

老公蛇咬咬残缺的利齿，砖垛上便蹦下来几只母乌贼，连滚带爬，歇斯底里嚎叫着，朝江鸥身上喷来一片浓黑的毒汁，污染了她洁净的躯干。

老公蛇又甩起秃尾巴尖，在一块金砖上敲击出诱惑的声响。忽地，从烂瓦底层蹿出了一只精瘦的鳖。鳖的浑身上下沾满了在地狱里浸泡过两年半后再也洗不净的污迹。几年没食吃了，鳖伸出瘦干的脖颈，急不可待地爬到江鸥脚下，狠命撕咬啃噬她裸露的腿腕，一面频频回首，谄媚地笑着，朝墙头的蛇们邀功请赏。

江鸥浑身的伤口被苦涩的海水蛰得生疼，但她相信人的力量。她昂起头，冲着烂砖垛上那几条毒蛇愤怒地喊道："你们这些聚众欺人的流氓恶棍、暴徒罪犯，迟早要遭天谴！"

上疆场彼此弯弓月。

流遍了，

郊原血。

有人晃动她的臂膀。江鸥从噩梦中惊醒，心头的冤屈与悲愤聚积成河，汩汩流淌。

"快醒醒！你是做梦了吧？听你在喊叫。"是母亲立在床前。院子里的路灯透过窗帘的缝隙，斑斑驳驳，洒在卧室内的墙上。

"对面那座楼里，有人在吵架。我听他们吵了半天了。那些人说的是中文，好像是为了钱在闹。"珊瑚又说。

江鸥惊魂未甫，定了定神，才注意到从窗外传入的嘈杂声。院落狭窄，对面楼房里凶恶的争吵，在子夜时分，令人心悸。

江鸥连忙爬起身，查看贝贝。还好，孩子仍在酣睡中，未受惊扰。

珊瑚问：“那是些什么人？”

“可能是倪秋吧。他是附近一家自助餐厅的老板，雇了几个偷渡来的中国人给他打工。那些人和他一起，都住在对面的那套公寓里。”

“他们认识你吗？”母亲担忧了。

江鸥摇摇头。这座院子里除了她，还住着几个同胞，都是男性。江鸥从不与他们来往，也不清楚他们的姓名和身份。只是擦肩而过时，匆匆记住了几个有特征的。一个是长发披肩舞刀弄棒的鲍师傅；一个是肤色黝黑门牙突出的水獭；印象最深的，则是尖下颏、溜肩膀、油腔滑调的倪秋。

夜半的吵闹声，有效地稀释了浸泡着母女二人小天地里的硫酸。预计要持续数天之久的阴霾，一夕便云开雾散。

母亲在身边躺下，很快就发出了轻微的鼾声。黑暗中，江鸥摸出枕畔的手表。夜光针指着凌晨两点。

这块“山度士”女表，比江鸥的年龄还大。她只知道，解放初期，年轻的母亲离开大学校门，成为空军部队的一名女兵之后，这块瑞士进口表就戴在了她的手腕上。具体是何时出现，又是由何人所赠？母亲虽未提及，却并不妨碍江鸥在心头悄悄构思朦胧美好的篇章。

十六岁那年，江鸥进入太行山的军营前，特意向母亲索要来“山度士”。从此这块逐年衰老、不断进修理铺的旧表，就作为难以言说的亲情象征，伴随着江鸥辗转人生的战场。

她放下手表，缩进被子里，想要继续入睡，脑中却不由自主地浮现出适才的残梦。她紧闭双眼，试图把那些断断续续的碎片拼接起来。

那些在海边举着刀枪棍棒追逐辱骂我的陌生人，是些什么东西呢？我与这些家伙素不相识，也从未招惹过他们，是谁招徕驱使了这群男流氓女流氓在光天化日之下有恃无恐地聚众犯罪，欺凌一个身单力薄的女同胞，比南京大屠杀中的鬼子兵还邪恶凶残？

洒向人间都是怨。

一枕黄粱再现。

想起东德移民令人心寒的告诫，她身上泛起了一层细密的疹子。不祥的预言，竟然在梦境中首演。

她脑中又浮现出那群鸣叫着盘旋的白色水鸟，那堵由金砖堆砌的红墙，腐气冲天的垃圾堆，毒蛇们交欢时令人作呕的谄媚吹捧，厚颜无耻的淫荡说笑，还有乌贼公鳖们赤膊上阵时喷出的浓臭的墨汁。

为什么我被剥光衣衫，备受凌辱？为什么在我的梦中，总会出现飞翔与逃离的景象？难道说，我的前世是一只离群的鸟儿，习惯了在蓝天下独来独往，拒绝向邪恶和虚伪屈膝投降？

江鸥回忆的列车沿着生命的旅途一点点往回倒，最终停留在一处她宁愿彻底忘却的人生轨道上。

回想起童年时那个盛夏的雨夜，泪水汩汩地流出了眼眶。她的脑子异常清醒，心却一阵阵地紧缩，坠入了寒冷的冰窟，再也无法进入梦乡。

不，不是的，母亲是世上最爱我的人。她只是受了太多的冤屈，无处排解，才发泄到我的身上，也只能发泄到我的身上。

江鸥一遍遍地说服着自己，并急切地搜索着记忆的云层中残留的每一丝阳光。

12
庄园逸事

——长篇小说《嫁得西风》节选

（一）

那段注定要被埋葬的恋情，在瑰丽神秘的鹿鸣谷庄园，走完了它最后一程。

当老高与小敏开着蓝色的雪佛莱，犹犹疑疑地驶入石墙尽头那座敞开着的大门时，两人都禁不住发出惊呼："啊，真叫作别有洞天哪！"

老高将车速放慢，沿着蜿蜒曲折的林荫路踽踽前行。他们睁大了眼睛，欣赏着路边一丛丛在微风中轻轻抖动的黄水仙，连绵起伏的青草坪，高大挺拔的杉树林，披红挂绿的果园，倒映着蓝天白云的池塘，横跨数丈深溪的水泥桥。

百米外的杂树丛里，忽然飞蹿起两只身躯高大的浅棕色动物，甩着蓬松的白毛大尾巴，跳跃着穿过草地，隐向更远的密林中。

"快看！那是鹿吗？"小敏惊喜地拍拍老高的手臂，"我怎么不记得，北京动物园里的鹿有这种模样的尾巴呀！”

“鹿的种类多了，”老高一面看着前面的路，一面浏览着车窗外的风景，“你那么喜爱大自然，看来这个工作倒是挺适合你的。”

车子转出了林荫道，面前赫然闪现出一座巨大的白色建筑物，耸立在一块高高的台地上。他们把车停在房前那个圆形喷水池旁，走出来，上下左右地打量这座寂静的房屋。房屋的另一侧，是碎石子铺出的花园甬道，两边连接着一个又一个用矮树丛和鲜花拼起来的几何图案，直通往看不见的远方。

“暴殄天物！”小敏转过身，对老高说。“这么美丽的景色，这么巨大的空间，却只供一个人来享用。想想北京公园里人群拥挤的情景，真恨不得把大家都疏散到这儿来！”

“幸亏这儿没人听得懂中文。否则，光凭你这共产主义思想，待会儿就通不过面试！”老高警告她。他抬起手腕看表：“时间到了。该来人了。记住，别乱开腔。”

话音才落，咯哒一声，白房子一侧的小角门开启了。两人扭过头去，却见一条毛色油黑的短尾狼狗如离弦的箭一般蹿出，直冲小敏扑来。她一惊，吓得连连后退，慌忙往老高身后躲避。

老高飞快地环顾四周，见光洁的地面上没有一根棍棒可拾，便煞下身欲扬脚踢那狗臀。

“回来！麦克！”正在这时，一个娇滴滴的声音传来。

老高连忙收回已经踢到半空的脚，抬眼望去，见到了角门阴影处立着的身躯高大，穿一身红花睡衣的白发老女人。“别害怕。麦克是欢迎你们哪！”西姆斯太太走到阳光下。

“麦克？啊，他，他可真是一条很漂亮的狗呀！”小敏一颗心还在怦怦乱跳，却连忙在脸上挤出笑容。她抑制住想去喷泉下洗手的冲动，只把被狗舔得黏湿的手背在牛仔裤上悄悄蹭了几下，便热情地握住了西姆斯太太伸出的手。毕业快一年了，却一直找不到任何像样的工作。前两天，在广告上看到了这个待遇尚可的职位，她决定试一试。和雇主在电话上交谈时，已经初步通过了，现在，可不能因为一条狗，打碎了马上要端起的饭碗啊！

西姆斯太太的眼珠是灰蓝色的。她紧紧盯着小敏那张在阳光下闪着健康光泽的脸，那双善良诚实的黑眼睛，加深了她在电话上已经获得的好印象。

“原来的管家和园丁，和我在一起十几年了，大家相处得很好。他们退休时，我还真舍不得让他们走呢！你们跟我来，看看房子里面，再决定是否喜欢这个工作。”西姆斯太太自信地一笑。

两人跟在她的后面，默默无言地穿越过一间间布置得富丽堂皇的大小厅室。踏进宽敞的大书房的一瞬间，小敏情不自禁“啊”了一声。

西姆斯太太敏感地回头看她：“你喜欢这里？”见她频频点头，就笑了。喜欢书的人，是让人放心的。从几十个打来的应征电话中，她颇具慧心地挑选了这个书卷气很浓的中国女人，真没看走眼。

贴着两面墙壁，立满了直顶天花板的高大书架，上面整齐地排列着颜色已经泛黄的，大约是一百多年前发行的精装书籍。书架前，几张墨绿色的皮沙发围成半圆，遥对着壁炉架上方悬挂的一张油画。画上是个头戴宫廷贵族式白色假发、目光凝重的中年男子，似乎是屋主人的祖先。壁炉里，几段烧得半残的圆木横卧在冷灰中，不知是何时留下的遗物。脚下厚绒绒的地毯，延伸到屋子的另一端。那里是高出地面半尺许的一个平台。台上最惹人注目的，是一座半人高的、雕刻精美的古代地球仪，微微地泛着油润的光泽。在另一个角落里，静静地伫立着一个齐腰高的铁架，上面躺着一部足有两块砖头厚的，打开来的大英百科全书。天花板上，垂下来偌大一个晶莹剔透、琳琅满目的枝形吊灯，从里面反射出紫红色落地长窗帘华贵的色彩。

小敏悄悄琢磨着，我的计算机，可以摆在靠窗那张雕花红木桌上。冬天下雪的日子里，壁炉里噼噼啪啪燃上几段树根，再泡杯香茶，一个人静静地卧在沙发里看书，可真就赛过神仙了！

穿过后门廊，西姆斯太太领他们来到屋后的草坪。草坪的前沿，有一道几十米长、齐胸高的大理石围栏，围栏两头各有一溜石阶通往下面十几丈深的河谷。远处传来清脆的笑声。他们伏身围栏往下看，透过崖壁上丛生的杂树，见到一只小舟载着几个男女随波而下。桨声，水声，和着笑声，自下而上清晰地飘入草坪。阳光照耀在河面上，反射出明晃晃的粼粼波纹。

老高指指围栏上摆放的十几盆红艳艳的绣球花，问西姆斯太太，这是你养的花吗？

你真会开玩笑！她把手在脸颊前优雅地一摆，薄嘴唇故作娇嗔地翘起来。我哪里会做这种事呢？

她要强调衣来伸手、饭来张口的贵妇身份。小敏盯着老妇人粗大的指关节，悄悄想：我们呢，如今不做人民公仆了，改做资产阶级私仆，不知会是何等滋味？

（二）

“汪汪！汪汪！”麦克已经低吠了好一阵子，楼上仍无动静。小敏放下手里的书，往楼梯上走来。到了西姆斯太太的卧房外，她轻轻在门上叩了几下：“西姆斯太太！”里面没有回答。“西姆斯太太！”她提高了嗓门儿。

“汪汪！”回答的是麦克。它好像颇不耐烦，用前爪把门板抓挠得咯咯响。

哎呀，小敏猛然记起来，昨天晚饭时，西姆斯太太嘱咐过的，她不要咖啡。我怎么忘了，这是她的信号：又要开始一轮新的伏特加酒之旅啦！不能再等了。倘若麦克憋不住，又一次在室内方便，麻烦还不是我的！

她转动门把手，刚一推开，麦克便轻捷地蹿出，直奔楼下。她追在后面，三步两步跨下楼梯，见麦克已经焦急不安地在原地跺着细碎的步子等待她，便慌忙为它开启了角门。

看看表，已是下午三点。该去取报纸了。她解下围裙，返回厨房搭在椅子背上，又从角门出去。“麦克！”她一路喊着，一路走向悬崖畔那座别墅。

别墅已经闲置多年无人光顾。屋外黑压压的橡树林，遮挡住了每一丝阳光，到处都弥漫着一股朽叶的霉味儿。靠墙的壁炉前，摆了几张颜色陈旧黯淡的老式木边沙发，堆满家具的卧室，如今是獾类和鼠类生儿育女的乐园。客厅右边的出口，通往悠长的露台。露台用几根木柱悬空架在崖壁的岩石上。

小敏踏着脚下的木板，小心翼翼往前挪动了几步，这不知多少年无人涉足的露台，会否在不期然间轰然塌陷呢？在纱窗的破绽处，她探出头往下瞥了一眼，只见脚下几丈深处，那条穿园而过的溪水从一个高坡上喧哗着跌下，汇入流经后草坪的大河谷中。

“啊！”忽然间，小腿处被什么东西触了一下。她浑身一抖，缩回头来。麦克立在腿旁，昂头看她。在这方圆几十英亩的庄园内，麦克对这别墅情有独钟，每次方便，必来此地，在周遭的橡树林里四处留下遗迹。

“走吧！陪我去拿报纸！”两个月下来，这畜牲似乎已能听懂中文，立刻撒着欢儿朝庄园大门方向跑去。

搬来没两天，西姆斯太太就透露出来，她当初花五百加元买了这条出生才两周的纯种德国狼狗，一是为了有个伴侣，二是为了唬住胆敢进园的歹徒。但事实上，她把麦克送到狗校培训时，只让它学了吃喝拉撒，却没让它学习打架斗殴的本领。“我要把它培养成一个有教养的孩子，才符合它高贵的出身。”西姆斯太太一面亲着狗颊，一面得意地宣称。

麦克是否真的叫她培养成了一个善种儿，一时难下结论。可是当西姆斯太太对老高炫耀说，七岁的麦克，智商可与五岁的儿童媲美时，小敏倒真要相信呢。她没当过母亲，毫无经验。

五岁的儿童，比它强上千倍！老高不服气地反驳。

你又没养过孩子，怎么能证明这一点！西姆斯太太也不甘示弱。

老高看看她，又看看小敏，强咽回已到了嘴边的话。小敏机灵地把话题引开了。他们应征时，是按照主人要求的条件，自称为无儿无女的夫妻的。

西姆斯太太在一次酒醉后，对她吐过真言：我最想要，而又无法得到的，就是一个自己生的孩子。可是结婚时，我丈夫已经有了孙子，不愿意重新经历当爸爸的过程。等到他去世后，我又过了生育年龄。你知道吗，倘若还能做到的话，我如今宁可拿我全部的财产，去换取一个亲生的儿子！所以，我最不能忍受的，就是看见别人的小孩！原来有一对从南斯拉夫来的夫妻，他们就是在怀孕以后，被我立即辞掉的！

（三）

麦克很快就黏上了这对中国人。每天除了取邮件外，晚餐后，两个仆人总要并肩去园里散步半小时。小敏挽着老高的臂膀，脸颊靠着他肩头，在林荫道上又说又笑。麦克的情绪受到感染，撒开四蹄蹦着跳着，随他们跑前跑后。也难怪，一只活蹦乱跳的狗，整日和个醉生梦死的老女人关在宅子里，的确太委屈它的天性了。

没想到，每日两次的相伴，于麦克，仍嫌太少。他们散步回到自己的卧室后，麦克每每想尾随而入。小敏指指走廊另一头："去吧，该找你妈去了！"

麦克却把后腿一蜷，坐在门外的地毯上，两眼定定地看着她，纹丝不动。她又挥挥手，关上了门。

过了约莫一小时，小敏口渴，想下楼去厨房弄水喝。一拉开门，却见麦克仍保持着那副姿态坐在门口。见她出来，麦克欢快地跳起，似乎猜到她心思，抢先往厨房跑去。

她端了水回卧室时，故意不看麦克，仍旧把它关在门外。无论怎样熟悉，她就是无法容忍一个畜牲在她的卧室里打转。每当看到西姆斯太太与麦克共吃一碟饭、同盖一床被的情景，小敏都要把目光避开，以免流露出会伤害到女主人感情的东西。

她每次把饭做好，端进西姆斯太太的卧房中去时，麦克就会立即跳过来，涎水拖得长长的，在西姆斯太太的刀叉下撕扯她盘中的那块牛肉。小敏望着西姆斯太太毫不介意地将一片割下的肉送入口中时，不禁眉头一皱，胃口全没了。"咳，怎么咽得下去呢！"她对老高叹道。

"要是你也吃过小女儿碗中的剩饭，就能体会这种感情了。"老高的声音不大，小敏却听出了里面的意味深长。

麦克对小敏的无情无义极为不满，采取了报复行动。第二天早上出门，小敏发现铺在卧室门外的那块织花地毯，被谁掀翻过来。接下来的几天，每天早上她都得重新整理一次门口的地毯。她一直沉默着，直到有一天，她在那块地毯上赫然发现了麦克故意留下的遗迹。

这狗挺有心计。她对老高说。它知道打扫房间是我的工作，所以才专门整治我的。

老高瞥了那毯子一眼，弯腰把它卷起，扔到地下室储藏间里去了。

但麦克仍不甘休，继续伺机寻衅。一天，小敏离开卧室时，没有把门关紧。结果待她回来，惊讶地发现门户大敞着，地毯上，床上，家具上，到处皆如天女散过花般，满是卫生纸碎屑。她冲入与卧室毗连的浴室细细察看，见残余在手纸架上的半卷纸，上面深深地嵌着几个齿印。

小敏冲动地跑出卧室，却不见麦克踪迹。望着走廊另一头那扇紧闭着的门，她猜，那畜牲准是正躲在它妈妈腋下窃笑呢！

老高听完小敏告状，说："行了行了，到此为止吧！你本来就有些神经过度敏感，再整天跟这只狗斗心眼儿，还不得降到它的水平！"

和麦克之间的这些明枪暗箭，他们不愿意让西姆斯太太知晓。若知道她的心肝宝贝竟遭到两个来自不发达国家的下人嫌恶，她非得打发他们卷包走路不可。

（四）

取了报纸回来，楼上仍未有动静。小敏站在冰箱前，看着里面的食物，考虑着晚饭应该吃什么。突然，她听到了一声巨响。有重物摔在地上，还有器皿落地的声音从前厅方向传来。

小敏一惊，随手关闭上冰箱门，冲出厨房。哎呀，不好！身穿粉红色印花睡衣的西姆斯太太，四脚朝天一动不动躺在楼梯下面。光滑如镜的大理石地面上，滩积着一些浑浊的液体。空气中弥漫着令人作呕的气味。

小敏慌忙伏下身去，大声呼喊，才看到老太太慢慢睁开双眼，透过凌乱的白发，无力地扫了她一眼，又闭上了。哦，谢天谢地，她还活着。小敏才松了口气，便惊愕地瞥见了老太太头部旁边的石面上，有殷红的一汪血。

她受伤了！仔细查看，血是从老太太头部一侧的银丝丛中渗出。小敏急忙跳起来，不加思索就扑向最近处的电话机。

打完电话，她返回身来，弯下腰，使足了力气，才勉强抱起老太太的双臂，将她沉重的身躯拖拉到一旁的厚地毯上放下。大理石凉冰冰的，她知道老太太有腰背疼的毛病。

“啊，是你……敏，亲爱的。”西姆斯太太发出微弱的呻吟。她的眼皮抖动着，竭力想睁开：“我怎么了？”

“你……你摔倒了。”小敏明白，女主人最忌讳别人知道她酗酒的嗜好，也不敢告诉她摔破了头皮的事实，以免吓坏她。

她找来拖把，清洁着地上臭气熏人的呕吐物。猛一回头，看见麦克正低着头，伸出粉红色的舌头，贪婪地舔食大理石面上的血泊。她心里生出强烈的厌恶，用拖把打了麦克的屁股一下。“走开！”她用中文喝斥那畜生。

约莫一刻钟的工夫，救护车停到了喷水池前。四个身高体壮的警察走进来，略一检视，便动手将老太太往担架上抬。小敏慌忙找出老太太装有证件的随身小皮包，跟在担架后面钻入车内。

西姆斯太太却突然醒过神来。“不，不要去。敏，你留下来！家里不能没有人啊！”她昏暗的眸子里闪过一丝惊惧。小敏只好把手中的皮包交给警察，拜托他们代为处理一切手续。

她返回房内，走进女主人凌乱的房间。电视机前的小茶几上，放着满满一碟香烟头，还有西姆斯太太最喜欢用的那只圆柱形雕花玻璃杯。地毯上横躺着一只大号空酒瓶。小敏算算时间。这瓶四十盎司的伏特加，不到两天就喝完了。西姆斯太太买醉的习惯，与中国人不同。她从不要任何下酒物，只在杯子里放些冰块儿，便一口接一口灌下肚去。

这次，她实在是醉得太厉害了。

麦克溜进来，轻捷地一跃，跳上大床。它不去自己那一侧的枕头上躺卧，却用嘴拱开西姆斯太太的毛毯，将四肢钻将进去，然后瞪着亮晶晶的眼珠子看着小敏。它那件雪白的厚绒布睡衣就挂在床头，但女主人此时却无法伺候它穿上。

小敏每星期二在洗衣间工作时，总是小心翼翼地拣选出女主人和麦克的衣物，上面沾满的黑毛让她厌恶。她把这些东西排在所有的清洗物之后，在她和老高的衣物床单，餐室和客厅的亚麻用品，厨房的擦手巾与抹布一锅一锅都洗完后，才最后放入洗衣机内。取出来后，还要将空洗衣机内再注入清水，冲涮一回。这样一来，才能保证下个星期二他们自己的衣物不受狗气污染。

（五）

老高从学校回来，听说了这件意外，立刻开车去了医院。天色黑透时，两人都回来了。西姆斯太太头上缠着绷带，酒醒了，面上挂着矜持的笑容。

“没关系，只是缝了几针。”看见小敏关切的眼神，老高低声对她说。

“敏，你过来一下好吗？我有话跟你说。”西姆斯太太挥手叫她。

两人走进小客厅，在沙发上面对面坐下。麦克撒着欢跃上沙发，拱到老太太腋下。

“敏，你清楚今天发生了什么事情吗？”西姆斯太太点燃一支烟，深深吸了一口，警惕的眼睛在小敏面孔上探询。“我记不得是怎么回事了，你能告诉我吗？”

“哦，是这样的。”小敏想了想，下决心面对事实。她坦然地看着女主人，认真地说：“你从楼梯上摔下来，摔破了头，躺在地上不能动。我想，我想，你是喝了太多的酒，醉得太厉害了……”

“不！你弄错了！”西姆斯太太忽然打断了她的话。眼里又放出那种冰冷的、拒人于千里之外的光芒来。“敏，你必须记住：我是失脚从楼梯上摔下来的。我没有喝醉。我从来就不会喝醉！”

“……好吧。”小敏迟疑着，点点头。她明白，这是女主人允许她说出的理由，假设有人要探问的话。

夜深了，躺在床上，小敏才长长地叹了口气。“她很痛苦，需要借酒浇愁，是吧？为了财富，嫁给一个老头儿，永远失去了做母亲的机会。她一定十分后悔青年时代的选择。”

书房的茶几上，躺着一册发黄的影集。小敏目睹了几十年前的一场婚礼。豪华的饭店大厅里，宾客如云。年轻美丽的金发新娘与肥胖秃顶的新郎并肩而立。照片上，新娘粗大的指关节十分醒目，与她周围的一切似乎不很谐调。

“算了！她哪里是借酒浇愁！你们这些学文的，总爱把事情解释得很浪漫。就像弗洛伊德爱把各种八竿子都打不着的事全都和性扯到一起一样。酗酒的人，不过是因为喝上了瘾，爱那个滋味儿，不喝心里就痒痒罢了！就这么简单。”

西姆斯太太每两周一次的酗酒，总使她变得比清醒时更加可爱些。有天晚上，他们已回卧房休息，忽然听到轻轻的叩门声。老高过去拉开一点门，却见身着睡袍的西姆斯太太站在门外，醉眼惺忪笑眯眯地柔声说道：“客房服务！”

老高正自莫名其妙，西姆斯太太把右手举着的银质托盘移到胸前，指一指上面摆着的几杯伏特加。每只杯子里都漂浮着冰块，杯口上镶嵌着一片切开的柠檬，像在酒吧里的一样。

老高恍然大悟，哈哈笑着从盘中取了一杯。西姆斯太太看到自己创造的幽默达到了预期的效果，心满意足地回她的卧室去了。

从好的方面说，西姆斯太太每次酗酒，都会减轻小敏的工作负担。平时，女主人和麦克的食谱极为简单。早餐和午餐都是水果面包加咖啡。晚餐需要开动烤箱。周一烤牛，周二猪，周三鸡，周四羊，周五鱼，周末两天吃素，烤土豆洋葱胡萝卜。为防心脏病，油盐酱醋，各类调料全免。只需胡椒粉，外加一壶黑咖啡，一托盘端入她卧房。

这哪里是吃饭，简直是喂猪！老高才吃了几天这种食谱，就愤愤不平发开了牢骚。从此以后，小敏只得每次晚餐做两种饭。专为迁就老高的胃口，另外添加上白米饭炒青菜麻辣豆腐红烧肉。只有当老太太与伏特加为伍的那一星期时间里，晚餐才简化为一种。因为那个阶段，老太太不吃晚餐。

（六）

老高尚未完成他的学位论文，只能尽量抽时间去做庄园里永远也做不完的粗活。

深秋的季节里，满园花木蜕变得绚丽多彩，美不胜收。在夕阳的辉映下，鹿鸣谷像童话里描述的仙境般魅人。

小敏腰系白围裙，走向红枫林深处，呼唤老高回家吃晚饭。面前的景色令人心旷神怡。“独立寒秋，湘江北去……看万山红遍，层林尽染……”她总会情不自禁地放开喉咙，高诵那些唤起她青春记忆的词句。

一星期来，老高每天从早到晚驾驶着小拖拉机，用上面安装的鼓风机吹落叶。林中厚厚的落叶，就这样一寸一寸地被吹到园中那条溪谷中。吹完了一片林子，再吹另一片。返回头来，先前吹净的那片林子里，已经又铺满一层新的落叶。加拿大人的环保意识强。落叶不烧，而要把它们堆在一处自行腐烂。

“真他妈不是人干的！该把麦克绑到拖拉机上，让它来干才对！”老高跳下车，拍打掉沾在衣服上的碎树叶，走到高坡上，点燃了一支香烟。

“一干这种活儿，总让我回忆起科尔沁草原。在那里的六年，从来没有感受到大自然的美好，只觉得每天受的那份儿罪无休无尽，看不到出头的日子。记得那时每天早上睁开眼的第一件事，便是趴在窗户上朝外看有没有下雨。若是赶上下雨天，不用出工了，就高高兴兴地躲在屋里看一天书。荒僻的乡村里，也找不到那么多书看，只好把糊在墙头、顶棚上的陈年旧报纸，歪着脖子一行行一段段颠过来倒过去地看。”

老高仰头，冲着西天火样的云霞，喷了一口烟。他魁梧匀称的身姿，衬着远处起伏的林子和落日的余晖，似一幅美丽的油画。

“上大学时，偶然回想起那段岁月，留在记忆中的，却都是些充满诗情画意的印象，反倒让人分外留恋那些逝去的东西。这是因为心境不同啊！人在不同的心境下，感受到的，会是截然不同的东西。在你的眼中，这片晚秋的林木草地，是美妙无比的。但当你驾着轰鸣的拖拉机，在震耳欲聋的噪音中转过来，转过去，没完没了地重复着几个简单机械又乏味得要死的动作时，对于一个已经习惯于进行复杂思维的大脑来说，简直是一种折磨。你怎么可能有心情去感受大自然的美丽呢！”

叶子还没全吹完，铺天盖地的大雪就一场接一场地下开了。老高刚想松口气，庆幸终于摆脱掉了拖拉机的折磨，就又开始驾着庞大笨重的推土机推雪了。每天清晨，探头看看窗外漫天飞舞的雪花，老高的脸比天空还阴沉。

圣诞节前的一个月，正是购买礼物的高潮期。西姆斯太太几乎每天都要老高驾着卡迪拉克带她外出购物。她在城里所有高级商店的货架前挑来选去，今天才买回来，明天又退回去，不厌其烦地往返。

我丈夫前妻的儿子、儿媳、孙子、孙媳、重孙子女们，没有一个是省油灯！礼物送得不合适了，他们会在背后耻笑我没品味！西姆斯太太对显露出不耐烦的老高解释自己的行为。

来到庄园这么久了，从未见任何人来看望老太太。在她七十三岁的生日晚宴时，小敏比着食谱照猫画虎，准备了一桌丰盛的中式炒菜，为她祝寿。老太太虽然怕盐怕糖，怕香菇木耳松花蛋这些“毒品”，很少举箸，却十分高兴有这种合家三口——不，四口，外加麦克——

同桌进餐的热闹场面。

小敏的目光小心翼翼地躲避开麦克流淌着涎沫的大嘴和上下翻动的红舌，举杯向老太太敬酒：“祝您长命百岁！”

老太太却收敛起笑容，冷冷说道：“知道吗？我要是真活到一百岁，就该有人恨不得杀掉我了！”

（七）

一个风雪交加的下午，他们三人一起去海湾百货商店。经过漫长的等待，西姆斯太太终于挑好了一件海军蓝羊绒衫，一尊鸭蛋青大瓷瓶。老高让两个女人在门厅里等着，他去停车场把车开过来。

商店门口挤满了一辆又一辆接人的车。老高好不容易把卡迪拉克庞大的车身靠到了便道旁，下车来搀扶西姆斯太太时，没留意却把钥匙锁在了车内。

糟了，这可怎么办？老高慌了，围着车身团团转。雪花落在他宽阔的前额上，化成一粒粒细小的水珠。

西姆斯太太不动声色地看着老高手忙脚乱，一筹莫展。“去，到商店里。向他们要个铁丝衣架来。”她终于开了口，沉着地对她的女仆吩咐。

小敏取来衣架，不知有何用途。西姆斯太太对老高说，用这个开车门，会吧？

老高接过衣架，颠过来倒过去地摆弄，不明就里，疑惑地抬头看西姆斯太太。

哼，你不是还当过教授吗！一丝嘲弄的笑浮上她涂着鲜艳口红的唇角。西姆斯太太不紧不慢地走上前来，从老高手中一把夺过衣架。不知她手指上哪来的那么大力气，三下两下，就把铁丝衣架扭得变了形状。接着，她低头弯腰，咬牙皱眉，使足力气，将铁丝硬从车窗的挡风玻璃下面挤进去。三扭两扭，只听啪的一声，车锁开了。

西姆斯太太得意地扬起下巴，瞥一眼呆若木鸡看着她的两个仆人，傲慢地跨入车内。

小敏侧头，冲老高扮个鬼脸。老高咧开嘴笑了，用中文说道："你知道，刚才这一幕，让我想起了什么吗？哈哈，《悲惨世界》里面的一个镜头。她那些动作和表情，已经暴露出来，她活脱脱就是一个冉阿让！记得吗？沙威警长四处找不到他，却在他帮人推马车的一刹那，从那个娴熟的动作中，发现了那个从监牢里逃出的苦刑犯。咱们刚来庄园的那天，她还装成贵夫人的样子说，从来没做过种花这种粗活儿呢！咳，真有趣！"

对老高这次的幽默，小敏未加评论。其实，她很可怜西姆斯太太。一个仅受过高中教育的女人，凭姿色嫁给财富，并最终沦为财富的奴隶，她的心里并不快乐，因为她同时失去了很多，失去了一个普通人原本可以享有的东西。对于两个文化水准远远超过她的、来自中国的仆人，她唯一可以炫耀，也是唯一可以用来维护她尊严的，已经只剩下了财富和虚荣。

那天晚饭后，收拾干净了餐具，小敏到书房去，本想点燃壁炉，静静地读一会儿书。可正要打开灯，她的目光却被窗外的景色吸引住了。她缩回手，走到落地窗前，呆呆地看起来。

月夜里，风停了，雪住了。园子里洁白晶莹，一尘不染。远处高大的杉松，被层层积雪压垂了枝干，正在无声地喘息。一只毛色棕红的火狐，蹦跳着攀上窗前的喷水池，用爪子翻刨开积雪。窗后的人影动了一下，火狐惊慌地逃走。园子重归静谧，只多了一串留在雪地上的足印。

“雪皑皑，野茫茫，

高原寒，炊断粮……”

在雪光映照着的书房里，小敏情不自禁地唱了起来。她的歌声先还压抑着，后来却越来越高昂，在宽敞的书房里，显得十分嘹亮。她自己也奇怪，事隔多年，当初演唱过的《长征组歌》，仍能琅琅上口。

老高循声悄然而至。歌声中加入了雄浑有力的男中音。

“风雨浸衣骨更硬，

野菜充饥志越坚……”

一首接一首，两人正唱得忘情，投入，却见麦克黑黝黝的身躯，闪进了书房门。小敏意识到了什么，猛然间闭住口，回头望去。书房外的大厅里，白发苍苍的老太太身穿绒睡袍，孤零零地不知已站立了多久。

（八）

加拿大的冬天，长达半年。直到来年五月，草坪才又重新变绿。但是，不到两个星期，蒲公英艳丽的黄花，就把庄园染成了金灿灿的世界。

老高心事重重地站在喷水池前，无限留恋地凝望着绵绵无尽的青草地，嗡嗡叫着的成群蜜蜂，还有上下翻飞的各色彩蝶。草地，对他不再是一种威胁。他已经拿到博士学位，在美国一家卫星公司找到了职位，从此将远离割草机对他的精神摧残。然而，这个即将发生的新变动带给他的，却是深深的痛苦和烦恼。

那天，两个仆人同时向西姆斯太太递交了辞呈。理由嘛，再简单不过，就采用许多加拿大人常用的借口：需要换个环境。

“为什么？为什么你们所有的人最终都要离开我，把我一人撇在这园子里！你们不走行不行？”西姆斯太太先是震惊，继而突然抽泣起来，搂着麦克的脖子，呜咽不止。

“别怕，你还有麦克哪！”小敏的鼻子酸了。她拍拍老太太的肩膀，给她递过去纸巾。看着那满头白发，她心里充满了怜悯。然而，她只得走，必须走。不仅是老高的离去，将戳穿他们编织的童话，她已经在这个迷人的园子里，耗去了太多宝贵的时光。

老太太抬起泪眼，呆呆地望着窗外，喃喃自语："麦克？……可它，也活不长了。它的病，你们知道的。我养过四条狗，它们一个一个都先我而去，埋在果园里的苹果树下面了。麦克是我最后的一条狗。在它之后，我再也不会养了。和它们告别时，真是太痛苦，太伤心了。我实在受不了！麦克的医生上次告诉我，它最多只能活到今年感恩节。我已经写好了遗嘱，麦克的骨灰盒，将放在我的卧室里，等以后我死了，就和我葬在一处。"

老高站在地毯上，无言地看着衰弱地瘫靠在沙发里的老女人，还有挤挨在她身旁那条呜呜呜发出悲鸣的黑狗。不止一回了，他曾开着卡迪拉克，载着老妇人和她的爱犬，去多伦多一所著名的兽医院，为麦克做各种各样的试验和检查。

当老高费尽了九牛二虎之力，帮着医生把麦克固定到检查台上，在它浑身上下插满仪器的传感探头，看着西姆斯太太在一旁紧张得手足无措时，心里总觉得这几个成年人是在装模作样玩过家家呢。

医生可不。他皱着眉头，认真地这看那看，磨蹭上半天。末了，递给西姆斯太太一张处方，一张账单，外加千篇一律的一句话：按照我的处方及时喂药，可以使它的生命延长到……

西姆斯太太叮嘱小敏，牢记每天早晨给麦克喂药。有时，老太太醉酒，狗出不来屋子，误了服药时间，待她酒醒，记起来这事，就会诚惶诚恐一整天，生怕由于她的错误，而导致麦克活不到医生预言的寿限。

小敏奇怪，那七八个瓶子里，除了一种是心血管扩张的药以外，其余的，不过都是维生素片剂而已。她怀疑这种处方究竟有多大作用。

老太太却把医生的指示奉若神明，为麦克花多少钱，她都心甘情愿。每次去商店买食品，她都让小敏独自决定三个人下星期要吃的东西，而她自己，则定要站到宠物商品的架子前，精挑细选出麦克那一星期的食品来。鸡肉，牛肉，猪肉，猪肝，都制成了罐头，麦克也和老太太一样，每天要换不同的口味。另外还有饭后零食、多维狗饼干及低脂合成骨头。

有次因老太太醉酒，不能外出，老高与小敏随便为麦克买了一捆每根三加元的人造骨头回来。西姆斯太太见了，顺手便把骨头扔进了垃圾桶。“你怎么不买五元一根的那种？”她拉下脸来责问老高。

用得着吗？不就是一只狗！老高对小敏嘀咕。有那么多钱，还不如捐给没饭吃的穷人呢！

如今要分开了，老高才发觉，他的心里，也不无感伤。第二天上午，老高去商店买回了一架摄像机，躲在房里，摆弄了半晌。吃过午饭，他提着摄像机到西姆斯太太房间里，对她说，走，咱们到园子里去，给你和麦克录一盘带子，将来，不管任何时候，你想念麦克了，就拿出来放一放。

西姆斯太太听了，惊喜加上感动，竟然忘记了回答。拿着香烟的手指，索索地抖动起来。

（九）

告别鹿鸣谷那天，老高开着装满行李的车，把小敏送到朋友家。朋友有事，不在。老高从车上取下属于她的两只提箱，帮她拎到台阶上放好。

两人站在车旁，眼睛故意避开对方，打量着草坪，花坛，树木，天空。沉默了一会儿，小敏对老高说，我要去商店买些东西，再见了。说完，仍不看他，昂着头走了。

前晚是个没有星斗没有风，异常沉闷的初夏之夜。开启着的窗外，传来池塘边阵阵噪人的蛙鸣。卧室里没开灯，只有老高手上一明一暗的烟头，偶尔映照出他紧皱的眉峰。两人倚在沙发上，商量着，先一起离开鹿鸣谷庄园，然后再悄悄分手，各奔前程。说完了，她盯着黑洞洞的窗口，不再做声。沉默了良久，老高叹口气，伸出手来，轻轻地抚摸她的头发。在那一瞬间，泪水涌出了她的眼眶。老高的手触着了她的脸颊，一颤，惊惶地问："怎么，你哭了？你，你别哭，好吗……"

自始至终，他却没有提出过让小敏和他一起走。

老高说得清清楚楚，我无论怎样做，都不可能对得起你们每一个人。我可以做的，只能是在后半生，独自品尝失去你的苦果，永久地承受感情上的折磨。你是个强者，离开我，你会痛苦，却不会倒下。你肯定会遇到更好的男人，伤痛会慢慢地平复。而她呢？是一个典型的弱者，她的生存必须靠别人来支撑。我爱你，但我可怜她。我就像饥荒年里的一个馒头，给了你，不过使你增添些力量；给了她，却能拯救一条濒死的生命和那个无辜的孩子。

到现在，她终于相信有“缘分”这回事儿了。是你的，走到天边也还会回来；不是你的，天天守着也守不住。更何况，她心里那架道德的天平，一直也在阻挠她去自如地“攻”或“守”。

鹿鸣谷幽静旖旎的风光，丝毫未能安抚老高变得越来越坏的心境。他和小敏都很清楚，即将完成的学业与即将得到的工作职位，对他俩意味着什么。

西姆斯太太不明内情，偶然看到在厨房中坐着默默垂泪的女仆，便关切地询问：“一定是你丈夫惹你伤心了，是吧？他凭什么要欺负你这样好的女人？你干吗要忍受他？你们中国女人实在是太软弱了！加拿大女人是决不会接受这种男人的。跟他离婚！你有这么多的优点，完全可以找个很不错的加拿大男人做丈夫呀！”老太太受过这个男仆的气，现在觉得和她的女仆是同一条战壕里的战友。

那次，老太太偶然发现车库里的垃圾桶满了，便提醒老高去清理。可巧正赶上老高在家里赶写学位论文，不耐烦别人支使他，于是偏偏不去清理。

老太太还从来没见过支不动弹的仆人，一时火起，便亲自去车库将半人高的垃圾桶搬进房来，摆到厨房通往餐厅的过道上。

“她要跟我作对，给我难堪是不是？好！那就摆在那儿吧！看看到底谁不舒服！”老高伸出胳臂，拦住小敏，不许她挪动垃圾桶一寸。

大房子里的三个人，剑拔弩张，横眉冷对，整整三天三夜。小敏的神经都快绷断了时，老太太终于投降，动手又把已经开始散发怪味的垃圾桶搬出。

小敏明白，在爱情与道义间长久地挣扎，破坏了这个男人原本豁达宽厚的天性。如今的偏执，皆因他内心极度的苦恼和不平衡所致。看见别的女人无忧无虑地生活，他自然会联想到另外一大一小远在天边的两个女人的不幸。

“我从来就没有向你要求过什么。你如果觉得由于我的存在，导致了别人的不幸，那还是离开我吧，”她轻声对老高说，“如果你今后永远生活在内疚之中，我也不会快乐。”

老高听了她的话，垂下头，半晌不做声。抬起头来时，只说了一句：“咳，为什么要让我遇到你呢！我今后的日子，是不会好过了。”

今天，他还是走了。他终于选择了埋葬爱情。远离庄园去美国赴任，为他们提供了仅有的一个合适契机。